彼女は姫《ひ》メイド！
竜宮城姫菜と暮らそう

箕崎 准
illustration◎庄名泉石

美少女文庫
FRANCE SHOIN

プロローグ　メイドと御主人殿の事情

「おかえりだぞ、翔太殿《しょうたどの》！」

「ただいま、姫菜《ひめな》」

夜。バイトから帰宅し、自宅であるマンションの扉を開いたのは、ブレザータイプの制服の上にコートを羽織った高校生、高木《たかぎ》翔太である。

彼を迎え入れたのは一人の少女。

揺れる、長い黒髪。

その上に乗っているのは白いヘッドドレス。

身につけているのは、肩と腋が見えるような形状をした色っぽいピンクのブラウスに、白いフリルのついたスカートと、露出が多めのメイド服。

髪を結んでいる水色のリボンはもちろん、胸元にも赤いリボンがついていて、とてもかわいらしい。履いている黒色のニーソックスも、いい萌えポイントだと翔太は思っている。

彼女の名は、竜宮城《りゅうぐうじょう》姫菜。

翔太の幼なじみであり、メイドであり、共に今、この3LDKのマンションの一室で暮らしている同居人だ。

姫菜はコートを脱ぎ、玄関に置かれていたハンガーに吊るしたばかりの翔太に正面から飛びついた。

そして、何かを求めるように、胸板に頭を擦りつけながら問いかける。

「翔太殿、すぐにご飯にするか？　お風呂にするか？　それとも――」

「お、おい、姫菜っ!!」

焦りながら翔太は声をあげた。姫菜がズボンの上からとはいえ、手のひらで股間を撫でてきたからだ。

今日は学校での授業で体育があったし、喫茶店でのバイトも忙しかった。

身体はかなり疲れている。

しかし、一本、二本と、伝わってくる細長い指先の感触に従って、ムクムクと、ズボンの一部が、山のように盛り上がりはじめていた。それは、姫菜の髪から香り立つ、甘い乙女の香りのせいでもあるだろう。

「どうした翔太殿？　今日求めていたのはこれではないのか？」

問いかけながらも、姫菜の手の動きが止まることはなかった。

ズボンのホックを外して、ジッパーを下ろし、灰色のブリーフのスリットの間から勢いよく飛び出した肉棒を、細い指先でしごきはじめている。

こんなことをされたら、今はゆっくりと風呂に浸かって休みたいなどと言うことはできない。

それどころか、いくつもの血管が激しく浮かび上がった肉棒は、さらなる奉仕を求めていた。

「このまま続けてくれ」

「わかったぞ、翔太殿♡」

翔太の返事を聞いて、ペロリと舌なめずりをした姫菜は、腰を落とし、肉棒の先端にチロチロと舌を這わせていく。

「んふふ、翔太殿のおチン×ンがさらに大きくなってきたぞ？　エッチな汁もたくさん出てきておる」

嬉しそうにそう言いながら、唇をすぼめ、小さな口で亀頭をちゅぱちゅぱとついばむ姫菜。

伝わってくる口内のぬくもりと刺激に、翔太のふとももはびくびくと震えはじめていた。

姫菜もそれに気づいたのだろう。

「翔太殿、どうやら感じてくれているようだな？」

いたずらにそう問いかけてくる。

「あ、ああ……」

翔太が頷いたのを見て、姫菜は満足げに微笑んだ。

「そうか、翔太殿に感じてもらえると、とても嬉しいぞ」

続けて、亀頭に染み出しはじめている先走り液を丁寧に舌で舐め取り、硬さを確かめるように、右手の五指で優しく肉棒を握りしめる。

「これならば、もう挿入《はい》りそうだな」

「――ちょ、おいっ!?」

頬を赤く染めながらそう言った姫菜は翔太の胸に体重を掛け、玄関に敷かれているマットの上に、どんっと押し倒す。

そして翔太の上に乗り上げ、ニヤリと口元を緩めて、ゆっくりと腰を下ろしていく。

「翔太殿、わらわのオマ×コを、たっぷりと堪能してくれ」

ちゅぷり、と。

翔太のペニスの先端は、姫菜の股の間にあるスリットをこじ開け、熱い蜜壺の中に侵入をはじめた。

「ふぁっ……あああぁあああっ……♡」

姫菜の口元から漏れる、長く、甘い吐息。

翔太のペニスは、姫菜のぬくもりの奥へと辿り着く。

「……どうだ、全部入ったぞ、翔太殿？」

得意げに口にする姫菜の身体は小刻みに震えていた。

顔は紅潮し、口元はだらしなく緩んでいる。

今にも唾液がこぼれ落ちそうなほどに蕩けた状態だ。

それで、翔太は確信する。

「俺にどうしたいか聞いておいて、本当はお前がこうしたかったんだろ？」

「うっ……」

図星だというような表情を浮かべたあと、唇をとがらせ、甘えるような表情を見せて、姫菜は言葉を続けた。

「わらわは翔太殿が帰ってくるのをずっと待っていたのだ。いつもより遅いから心配したのだぞ。メールをしたのに返事もないしな……」

「それはごめん。悪かった」

翔太は素直に謝罪をする。

「最後のお客さんがなかなか帰ってくれなくてさ、メールを返す暇がなくて……」

「言い訳はいい。謝る気持ちがあるのならば、お詫びに、たくさん気持ちよくしてくれ……いいな?」

「わかった」

翔太の返事を聞いた姫菜は肉付きのいい、丸いお尻を上下に動かしはじめた。

「ふぁっ、くぅんっ、うぅんっ……。いいぞ、翔太殿。翔太殿も動いてくれ。ぅっんっ、ふぅ……」

そう促された翔太は、彼女の口元から漏れる喘ぎと、腰の動くのに合わせるように、腰を動かしていく。

最初は、ゆっくりと。

一往復が長いピストンだった。

しかし、次第にその動きは加速していく。

ぴちゃぴちゃと二人の結合部から、いやらしい音が鳴り響いてもいた。

「んぁっ、ふぁっ……! 翔太殿、今度から、ちゃんとメールには返事をしてくれ……でないと、わらわは心配でっ!!」

「わかった。今度からは、ちゃんとそうするよ」

「……本当か? 約束だぞ」

「ああ、約束だ」

そう言って上半身を起こした翔太は、姫菜の唇を塞いだ。

「んんぅっ……んぅううっ……！」

最初は驚いた様子だった姫菜だが、すぐに舌を絡めてくる。

それに合わせて、翔太も舌を絡めた。

「ちゅぱっ、ちゅ……んむっ……ちゅ、れろっ、ちゅ……れろ……」

キスをする二人の両手の指先も絡み合っていく。

そのままの格好で抽送を繰り返す中で、翔太は両手を離し、姫菜の首元にあるメイド服のリボンに手を掛けた。

メイド服のブラウスの中に隠されている、二つの大きな果実を露わにするためだ。

シュッと翔太がリボンを外すと、はらりとブラウスがめくれ、ハリのある、つんとした膨らみと、綺麗なピンク色をした二つの乳輪。そして、その先端のぷっくりと膨らんだ乳首が現れた。

「ひぁんっ！」

翔太は右側の乳首にむしゃぶりつくと、姫菜は一段と甘い声を漏らした。

「翔太殿、それはッ……！　ふぁんっ、あんっ！　んぁんッ!!」

舌でこりこりと乳首を転がしたり、ねぶったりするたびに、きゅっと膣がペニスを締め上げ、よりいっそう、姫菜の喘ぎのボリュームが、大きなものになっていく。

「やぁっ、あんっ……だめっ……！　そんなのっ……だめ、なのだぁっ……」

「何が駄目なんだ？　やめてほしいのか？」

「そ、そんなことは……」

「だったら、続けてください翔太殿って言ってみろよ」

「うぅ……。翔太殿は意地悪だ」

「言うのか？　言わないのか？」

「……っ、続けてくれ翔太殿ッ!!」

「よし、よく言った」

姫菜の髪を優しく撫でた翔太は、再び乳首に吸いつき、もう片方の手でおっぱいの感触を楽しみはじめる。

「ふぁっ……あんっ！　ひぁっ、あああんっ！」

腰の動きもさらに加速していった。

それに従って、当然、パンパンと肌が触れ合う音や、ちゅくちゅくと性器が擦れ合う音も激しくなっていく。

姫菜の口元から発せられる嬌声も同じだ。

扉の外に聞こえていてもおかしくないほどに、大きなものになっていた。

「ひぁッ、あっ……イっていいぞ♡　翔太殿……。わらわの中に翔太殿の精を、たっぷり出してくれッ、御主人殿を、わらわの中で感じさせてくれッ♡」

顔をだらしなく歪めて求める姫菜。おそらく、限界が近いのだろう。それは翔太も変わらない。

「ああ、おもいっきり射精してやるぞ」

答えた翔太は、抽送を続けながら、姫菜の乳首を甘噛みした。

「ひぁっ、ああっ、ご主人殿、それはっ……！　くふぅっ！」

刺激を受けた姫菜は目を大きく開いて、全身を震わせた。

翔太の首にかけられた姫菜の腕の力が、さらに強いものになる。

イきそうになるのを必死にこらえているのだろう。

指の力が翔太の肌に痕をつけるほどだ。

「ほら、イクぞ、姫菜っ。一滴残さず、ちゃんと受け止めろよッ!!」

「もちろんだ、御主人殿っ！　わらわに、一日中我慢したご褒美をくれっ！」

ずんっ、と翔太が激しく腰を突き上げると、姫菜の膣壁は、精を搾り取ろうときゅっと締まりを見せた。

「ふぁ、んぅっ、んぅううう……ッ！」

クッと下唇を噛みながら、絶頂に達していく姫菜の膣内に、翔太はドクドクと精を解き放っていく。

「はぁっ……出てるぅ……♡　翔太殿の熱いのが、お腹の中に、流れこんできているぞ……♡」

　子宮にたっぷりと精を満たされ小刻みに身体を震わせる姫菜の姿を、翔太は朦朧とする意識の中で眺めていた。

　やがて姫菜は糸がぷつんと切れたマリオネットのように倒れ、翔太の身体に身を委ねていく。

　その身体を優しく抱きしめた翔太の首筋には、姫菜の唇の隙間から小刻みに放たれる、熱い吐息が掛かっていた。

　翔太も同じような吐息を漏らしながら、一つになったまま快楽の残滓を楽しむ。

　そんな、とても幸せな時間。

　それはお互いの身体の火照りが収まっていくと共に終わりを告げた。

「どうだ、満足したか？」

「……うむ♡」

　身体を離したあと、翔太の問いに照れたように頬を染めて頷く姫菜。

　そして、立ち上がり言った。

「今日の夕食はシチューだ。温め直す時間があるから、その間に御主人殿は風呂に入ってくるといい。お湯は、すでに張ってあるからな」

このようになぜ、幼なじみである竜宮城姫菜が、高木翔太のメイドになり、同居生活を営むことになったのかといえば、それは、一カ月ほど前に遡《さかのぼ》ることになる。

第一章 大富豪だった大好きな幼なじみが俺のメイドになった件について

「お帰りだ、御主人殿っ！」

放課後、駅前の商店街で買い物をし、帰宅した翔太を出迎えたのは、なぜか点いていた玄関の灯りと、メイド服姿の少女だった。

翔太のいる場所から一段上がった場所で、彼女は腕を組んで立っている。

「御主人殿ってなんだ？　なんでメイドが俺の家にいる？　ここは俺の家だよな？」

混乱しながらも、翔太は左右を見て確認する。

一人暮らしにしては広すぎるマンションの玄関。

その内装は子供の頃から長年暮らした我が家のものである。

いつもと違うところがあるとすれば、目の前の廊下の先にあるリビングから美味しそうな匂いが漂ってくることだ。

帰宅と共にこのような匂いをかぐのは半年ぶり。

一人暮らしをしてからは、当然はじめてのことである。

「……で、お前はいったいなんなんだ？」

再び翔太は凛とした姿で目の前に立っているメイドの少女に視線を向ける。

長くて艶のある美しい黒髪。

胸はかなり大きく、Ｇカップはあるだろう。

身につけているのは、ブラウンを基調にしたブラウスとロングスカートのメイド服だ。その上には、フリルがたくさんあしらわれた白いエプロン。頭には、同じく白いヘッドドレスも頭につけている。

見るからにオーソドックスなメイド服で、衣装も含め、容姿に関しては、翔太にとってポイントが高いものが揃っているのだが、ただ一点、妙に態度が大きいところだけはいただけなかった。

メイドならば、

「お帰りなさいませ、御主人様」

と、三つ指をついて出迎えるものだろう。

そこまでしなくとも、せめて頭を下げるか、飛びかかるように抱きついて欲しい。

それならば百点満点なのにと思っていると、不安そうな様子で少女が訊ねてくる。

「まさか、わらわのことを忘れたのか？　わらわは竜宮城姫菜であるぞっ!!」

「……え？」

彼女が名乗りをあげた瞬間、翔太ははっとなった。

竜宮城という珍しい苗字や、自らのことを『わらわ』と言う、時代がかった喋り方をする少女のことを忘れるわけがない。

──竜宮城姫菜。

ここ数年、色々あって顔を合わせることはなかったが、その名は翔太の二つ年上の、いわゆる幼なじみのものである。

「……って、なんで姫菜がそんな格好をして、俺の家にいるんだよっ！」

翔太が戸惑うのも当然だろう。

彼が暮らす竜宮市はその珍しい名前と浦島伝説以外、ごくごく何の変哲もない、日本のどこにでもあるような郊外の田舎町だ。

そこにただひとつだけある名所が、目の前の少女、竜宮城姫菜の父親、日本有数の企業グループである竜宮城グループの総帥、竜宮城王児《おうじ》が暮らす城。

通称、竜宮城である。

ちなみに姫菜の時代がかった喋り方は、その父親譲りのもので、竜宮城は、戦国時代にこの地域を支配していた、竜宮城家の祖先が建てたもの。その末裔の一人である姫菜も、そのお城で悠々自適に暮らしているはずなのである。それなのに、どうしてメイドの姿で、こんなところに――。

「それは翔太殿、お前が今日からわらわの御主人殿だからだ。よって、お前の言うことならなんでもしよう。代わりにわらわをこの家に住まわせてくれ。料理の準備もしているぞ。ほら、早くこっちに来るのだ」

「え、あ……うわあっ!?」

何がなんだかわからないうちに翔太は姫菜に手を引かれて、リビングに移動することになってしまった。

そして勢いのままに多くの料理が並んだ机の前に座らされてしまう。

満漢全席とまではいかないが、かなりの量だ。

「ほら、どうだ。肉じゃがだぞ。味噌汁も魚もある。さあ、存分に食ってくれ!」

「お、おう……」

急かされ、流されるままに、翔太は肉じゃがに箸をつけた。

「美味い……」

口に運ぶと同時に、思わず口からそんな言葉がこぼれ落ちてしまう。

しかも、自分のおふくろの味にとても似ていた。

「これ、お前がつくったのか?」

「うむ、そうだぞ。これはわらわがつくったものだ」

翔太の疑問に対して、満足げに姫菜は胸を張る。

「お前、料理なんてできたんだな……」

姫菜はお嬢様だ。

料理は使用人がつくってくれるだろう。

なのになぜ、というのが翔太の疑問だ。

「恵《めぐみ》殿が教えてくれたのだ」

それが、姫菜の答えだった。

「こうしてメイドの姿をして料理をつくれば、間違いなく翔太殿——いや、御主人殿が、この家で暮らすことを認めてくれるとな」

「……恵殿って、ねーちゃんのことだよな？」

「うむ、そうだぞ」

姫菜が頷く。

同時に、翔太は我に返った。

「そうか、つまりこの家のどこかにねーちゃんが隠れてるんだな。そうだよな、ねーちゃん。そうじゃなきゃ、姫菜はこの家に入れないはずだもんな。おい、ねーちゃん、いったいどういうことだよ。どこに隠れて、俺を見て笑ってるんだ？　いいから出てこいよ！」

　翔太が叫ぶ。

　しかし、反応はない。

「……御主人殿、何を言っているのだ？　恵殿が神戸にいるのは、御主人殿も知っているはずだろう」

　そう言う姫菜は、不思議そうに眉をひそめている。

「いや、それは確かにそうなんだけどさ……」

　一年半前──。

　製薬会社に勤めている翔太の父親が、アメリカのデトロイト勤務になった。

　それに母親も付き添うことになったのだが、高校入学が決まっていた翔太は、大学に通っていた姉と共に、日本に留まることを希望した。

　その姉も、今年就職して、遠く、関西の地で働いている。

　よって翔太はこうして親の持ち家である、子供の頃から暮らしている３ＬＤＫのマンションに、一人で暮らすことになったのだ。

「つまり、姫菜はねーちゃんと一緒にウチに来たってわけじゃないのか？」

「恵殿からは鍵をもらったんだ」

　姫菜は答えて、ポケットから鍵を取り出して、翔太に見せつけた。

「それって、ここに来る前にねーちゃんと会ったってことなのか？　神戸で？」

「会ったというより一緒に暮らしていたのだ。一カ月と少しの間だがな」

「うーん……」

話がよくわからない。

（いっそ、ねーちゃんに聞いてみるか……）

その方が事態の把握がしやすいだろうと思った翔太は、制服のポケットからスマホを取り出し、姉の番号を呼び出した。

トゥルルル……トゥルルルル……トゥルルルル……ガチャリ！

「ねーちゃん、これはいったいどういうことなんだよ!!」

電話が繋がると同時に、翔太は思いっきり叫んだ。

返ってきたのは、笑い混じりの姉の声だ。

『あははーっ、そろそろかかってくるかなーって思っていたら、本当にかかってきたわね』

「なんだよ、その脳天気な返事は……」

呆れたように悪態をつく。

対する恵は、明るい声で言葉を続けた。

『で、どうだった、幼なじみのメイド服姿は？』

「どうもこうもあるかよ。これはいったいどういうことなんだよ。なんでねーちゃんが姫菜を俺の家に送りこんだんだ？　しかも、メイド服姿って……」

『それなんだけど、ちょっと複雑でね』

声のトーンが一変し、真面目なものになる。

そのせいで翔太が緊張する中、恵は話を続けていった。

『姫菜ちゃんのお父様が経営している竜宮城グループがあるでしょ。ここだけの話なんだけど、海外展開の失敗で、かなりヤバイ状態らしいのよ』

結果、グループの総帥である王児は、海外の闇組織に命を狙われることになり、一人娘である姫菜の身にも、危険が迫っているという。

『城に仕えていたお手伝いさんたちも全員解雇されちゃったし、竜宮城は借金の抵当に入っていて、事実上の差し押さえ。その上、城の周囲には変なやつらがうろちょろしはじめてるみたいで、姫菜ちゃんが困っていたから、一時的にわたしが匿《かくま》っていたってわけ。でも、ずっとそうしているわけにもいかなくてさ。実はわたし、結婚することになったのよ』

「……は？」

いきなりの告白に唖然としてしまった。

「結婚って？　ねーちゃんが？」

『そうよ。一週間ほど前にプロポーズされちゃってさ。受け入れたってわけ。ってことでわたしの指には今大きなダイヤの婚約指輪がついています』

「ええと、その……。ねーちゃんに彼氏がいるなんて知らなかったし、いきなりでびっくりなんですけど……」

『できちゃった婚じゃないわよ』

「……………」

冗談のつもりなのだろうが、笑う余裕なんてない。

「とりあえず、おめでとう、でいいんだよな……？」

ようやく出てきたのは、そんな言葉だ。

『あはは、ありがと——。仕事で知り合った人なんだけど、色々と複雑な人で、まだ公《おおやけ》にできないのよ。そのうちアンタにも紹介するから、それまでは内緒でね。きっとびっくりするに違いないから』

「びっくりって、なんだよ、それ、それ……」

『だから、それは会うまでの秘密ってことで。それより、姫菜ちゃんのことをよろしくね。あんた以外に任せられる人はいないし、姫菜ちゃんもアンタのところがいいって言ったんだから、がんばりなさいよ』

「え……？」

『なによ、その反応は』

「俺のところがいいって、姫菜が言ったのか？」

『そうよ。他に行くところもなかったっていうのもあるけどね。でも、姫菜ちゃん、結構悩んでいたのよ。あんたとは長く連絡を取ってなかったみたいだし、あんたに受け入れられなかったらどうしようって。だからメイドの格好したらどうってわたしが提案してね。あんた、メイドが好みなんでしょ？』

「確かにメイドは好きだけど……って、なんでねーちゃんがそんなこと知ってるんだよっ！」

『そう言ったのは姫菜ちゃんよ。昔、あんた自身が、好みのタイプはメイドだって言ったって聞いたけど？』

「あ……」

それで、翔太は思い出す。

あれは確かまだ、小学校の低学年の頃のことだ——。


母親同士が学生時代からの知り合いだったこともあって、翔太と姫菜は、一年と三年と違う学年だったとはいえ、竜宮城をよく訪れ、互いの母同士が話題に花を咲かせる中、よく城の一室で遊んでいた。

「ひめなは『しょうらいのゆめ』のさくぶん、もうかいたのか？　おれとおなじしゅくだいが、でてるんだろ」

それは、夏休みがはじまったばかりの頃のことだった。

畳一面の大きな部屋。

和風な内装に似合う、着物姿の姫菜に向けて、翔太は訊ねた。

何かのコンクールに出すらしく、夏休みの宿題で全校生徒全員が四百字詰め原稿用紙一枚、その題目で作文を書かなければならなかったのだが、何も浮かばなかったので、参考がてら、聞いてみようと考えたのだ。

「いや、まだかいてはいないぞ」

姫菜が答える。

「だったら、かくことはきめてるのか？」

「うむ、きめているぞ」

姫菜はしっかりと頷いた。

「それなら、なにをかくのかおしえてくれよ。さんこうにしたいんだ」

「しょーたどののヨメになりたいということだ」

「へっ……？」

想像もしていなかった答えに、翔太は動揺してしまう。

「なっ、なにをいってるんだよ、おまえはッ！」

「……ダメか？　わらわのゆめなのだ。しょーたどのがちちうえのかわりに、このしろのぬしになってな。わらわと、すえながーく、くらすのだ」

「おい、おい、や、やめろって！」

動物のように、床を這うようにして、翔太は近づいてくる姫菜から慌てて距離を取った。

「なぜにげるのだ？　しょーたどのは、わらわのことがキライなのか？」

「それは、その……」

こんな風に他人に好意を言葉で伝えられることは初めての経験だったし、あの時の部屋には、姫菜の世話をしているメイドさんもたくさんいた。

しかも、翔太がなんと答えるか注目していたのだ。

恥ずかしくてたまらない。

その上、素直になれない年頃だ。

「……そうだよ」

と呟き、翔太は続けた。

「ひめななんか、おれのおよめさんにふさわしくねーよっ！」

「……そう、なのか？　わらわは、しょーたどののおよめさんに、ふさわしくないのか……」

姫菜の表情がみるみるうちに曇っていったことを、翔太は今でも覚えている。

それでも、言葉を続けずにはいられなかった。

「だから、そんなさくぶん、ぜったいにだすなよ！　いいな！」

「だったら、しょーたどのは、どのようなひとを、およめさんにしたいのだ？」

蛸のように唇を尖らせて、姫菜が問いかけてくる。

「えっ……ええと、その――」

じっと見つめられて、目が泳いでしまう。

その時、翔太の視界に入ったのはメイドの姿だ。

そのせいで、思わず叫んでしまった。

「め、メイドさんだよ！」

実際、メイドさんたちはみんな優しくしてくれるし、おっぱいも大きい。

とても大好きだ。

だから、それは嘘じゃない。

でも、あの時……。

本当に、翔太が一番大好きだったのは――。

「だったら、メイドになれば、しょーたどのは、わらわとけっこんしてくれるのか？」

「え、いや、それは……」

「しょーたどのがそういうのなら、いちにんまえのメイドになるぞ。やくそくだ」

そう言って指切りをしようと、姫菜が小指を差し出してくる。

だが、翔太はそれに自らの小指を絡めることはなかった。

「ば、ばかなことをいうなよっ、ひめながメイドになんて、なれるはずがないだろっ！」

そう叫んで、その場から逃げ出してしまったのだ。

『アンタ、本当に変態よね。小学生でメイド好きって』

「…………」

実は照れ隠しだったなんてこの状況で言えるわけがなかった。

なにせ、目の前には姫菜がいるのだ。

『……で、どうかしら？　大好きだった幼なじみが、アンタの大好きなメイド服を着て、目の前に現れた感想は？』

「大好きって、ねーちゃん、何を言って……！」

『ねーちゃん知ってるのよ、アンタが姫菜ちゃんのこと、ずっと気にしてたって』

「いや、それは……」

『違うの？　わたしには、そういう風にずっと見えてたけど？』

気にならないわけがない。

でも、姫菜の告白を無下にしてしまったあの日から、妙に顔を合わせるのが気まずくなってしまったせいで、姫菜と翔太の距離は、自然と開いていった。

学年も姫菜の方が二つ上だし、中学校が別になったこともある。

姫菜はお嬢様学校の中等部に進学したのだ。

その直後、姫菜の母親が病に倒れ、数年後に亡くなった。

以降、お葬式の時や、街中で、姫菜を見かけることはあったが、翔太は姫菜に声をかけることはできなかった。

もちろん、あの日のことが気になっていたのもあるし、日々美しくなっていく姫菜に距離を感じて、引け目を覚えていたせいでもあった。

自分は彼女なし＝年齢。成績もごく普通の一般人だ。

あのお城で暮らす美しい姫君には自分は相応しくない。

だから、姫菜は自分に声をかけてくれないのだ。

あの時のことで嫌われてしまったのだと勝手に思いこんでいた。

「……っていうか、ねーちゃんはどうして姫菜の身に危険が迫ってることを知ってたんだよ」

『だってわたし、ずっと姫菜ちゃんと連絡を取っていたもの』

「え、マジで？」

『マジよ。アンタのことも逐一報告してたわ。今、翔太はどうしているのだとか、翔太に彼女はできたかとか、姫菜ちゃんが聞いてくるから――って、そういう話はわたしが言うべきことじゃないわね。姫菜ちゃんのことは、直接当人に聞くってことで』

「あ、ちょっとねーちゃん！」

『せっかくのチャンスなんだから、がんばりなさいよ。これでアンタがまともな男になれれば、ねーちゃんだって、気兼ねなく幸せになれるんだから』

　そう言い残して、恵は電話を打ち切った。

「ええと……」

　事情はわかったが、困惑している状態は変わらない。

　どうしようと思いながらも、翔太は姫菜に視線を向ける。

　先に口を開いたのは姫菜の方だった。

　翔太をじっと見つめて、口を開く。

「わらわは、ここにいていいのか？」

「他に行く場所もなさそうだしな。駄目なんて言えるわけないだろう」

　視線をそらしながらそう答える翔太。

その身体に、姫菜はぎゅっと抱きついた。

「御主人殿、ありがとうなのだ」

「お、おい……」

ドキドキが加速する。

続けて、姫菜はとんでもないことを口にした。

「お返しに、御主人殿の言うことならなんでもさせてもらうぞ」

「なんでもって……」

どくんと、翔太の胸が大きく高鳴る。

「ほ、本当に、なんでもしてくれるのか？」

「もちろんだ」

その返答を聞くと同時に、再び翔太の胸は大きく高鳴った。

姫菜の足下から頭の先まで、なめるように見てしまう。

「じゃあ……その、さ……」

「なんだ？」

キスをしてもいいのだろうか？

それどころか、もっと先のことだって――。

（いやいや、待て待て……）

なにせ姫菜は中学からずっと女子校に通っていたのだ。

エッチなことに対する知識や免疫が、あまりあるようには思えない。

でも――。

そこで脳裏を過ぎったのは、さっき姉が言っていたことだ。

(確か姫菜は、今でも俺のことを気にしていたって言ってたよな?)

それはつまり、昔と変わらず、姫菜は今でも俺のことを――。

「……どうしたのだ、御主人殿? 何かしたいことがあるのではないか? 本当になんでもしていいのだぞ」

「いや、今はいいっ。それよりメシを食おう。冷えちまうしな!」

「なんだ、腹が減っていたのか。ならば、好きなだけ食ってくれ。御主人殿のために手塩に掛けてつくったのだぞ」

昔から、姫菜はとても要領がよかった。

勉強もスポーツも、たとえばゲームだって、なんでもこなしてしまう。

料理でも、それは同じなのだろう。

ほんの一カ月。

姉から指導を受けただけだというのに、翔太の慣れ親しんだおふくろの味を完全にマスターしていた。

さすがだとしか言いようがない。

「なんだかこうして、一緒に食事をしていると夫婦のようだな」

「ぶっ……！」

いきなりの発言に、翔太はちょうど口に含んだお茶を吹き出してしまった。

照れたように俯き、顔を赤く染め、右手の人差し指と左手の人差し指の先端同士をくっつけ、いじいじと動かしている姫菜だったが、そんな翔太の姿を見て、驚きながら問い掛けてくる。

「どうしたのだ御主人殿、いきなり咳きこんで」

「いや、いきなりお前がヘンなことを言うからさ」

ごほごほと咳を続けながらも、息を整え、翔太は続けた。

「それより、夫婦で思い出したんだけど、姫菜はねーちゃんが結婚するのは、もちろん知ってるんだよな？」

「うむ、知っているぞ」

「相手は聞いてるのか？」

「なんだか色々と複雑な人で、教えられないと言っていたな。そのうち紹介すると言ってはいたが……」

「それじゃ、俺と一緒ってわけか」

「そうなのか？　そういえば、アラブの大富豪とか、どこかの国の王子様とか、そんな風に思っていたら面白いかも知れないとも言っていたな」

「なんだよ、それ……」

どうやら姫菜も結婚相手についてはよく知らないようだ。

いったいどんな人なのだろう？

☆☆☆

「ごちそうさま」

翔太はテーブルの上に並んでいた料理をすべて平らげた。

ここ半年、食事はコンビニ弁当や牛丼、ハンバーガー、カップラーメンや焼きそばなどのローテーションだった。それだけに、久々のまともな食事に心が躍り、結局、ご飯のおかわりまでしてしまった。

「わらわは御主人殿がすべて食べてくれて本当に嬉しいぞ」

そう言って、姫菜は満足げな笑みを見せる。

「……と、御主人殿、頬にご飯粒がついているぞ」

「え……？」

姫菜は、翔太の頬についていたご飯の粒を手で取った。しかもその指を、そのまま舌でぺろりと舐めたのだ。

(ああもう、なんてことをするんだよ!)

翔太の胸が、再び激しく鼓動をはじめてしまう。

これじゃ本当に夫婦みたいじゃないかと思って、またドキドキしてきてしまう。

「え、ええと……。それじゃ、俺は着替えてくるよ。ついでに、風呂にも入ってくる」

翔太は立ち上がり、そう言った。

今は姫菜と距離を少し置いた方がいいだろう。

でないと、自分がどうなるのかわからない。

雄としての本能を抑えられる自信がなかった。

「なんだ、もう風呂に入るのか? お湯はまだ張ってないぞ。それに、もう少ししたら洗いものが終わって、わらわも一緒に入ることができるのだが……」

「いや、一緒って……」

「背中でもなんでも流してやるぞ。どうだ? 少し待ってみないか?」

「なんだそういうことかって……そこまでしなくていいって!」

それでは少し距離を置きたいという目的が達成できない。

それどころか、今よりも状況が悪くなるくらいだ。

なにより、今は考える時間が欲しかった。

「そうなのか？」

「お湯なら、自分で溜めながら入るから、それじゃ！」

慌てて姫菜から距離を取って、翔太は風呂場に向かって一直線に駆けていった。

☆☆☆

（ほんと、なんでこんなことになったんだ……）

シャワーを浴びながら、翔太は大きく嘆息する。

再び、姫菜と話ができるのはとても嬉しいけど、いきなりすぎるし、まさか同居することになるなんて思ってもいなかった。

正直言って、どのような距離感を取ればいいのかもわからない。

しかも姫菜は、メイドの姿をしているのだ。

（なんでもしていいって言ってたけど、本当にいいのか？）

姉との電話の内容からしても、拒絶されるようなことはないと思う。

思いたい。

でも、まだ早いのではないか。

それにいきなりこんなことになるなんて想像もしていなかったから、コンドームだって用意してないし、などと考えていると――。

「どうだ？　もう溜まったか？」

「うわあ！」

いきなり声がかかり、翔太は飛び上がった。

扉に視線を向けると、磨りガラスに姫菜のシルエットが映っていた。

「いや、まだお湯は溜めてるところだって！」

そう言いながら姫菜が開けようとする扉を必死に押さえる。

「なら、その間にわらわが背中を……」

「それはもう洗い終わったから！」

「なんだ、そうなのか？　ようやくわらわは洗い物が終わったところなので、今度は御主人殿の身体を洗わせてもらおうかと思ったのだが……」

「だから、そこまでしなくていいって言っただろ!!」

「むう、わらわは、御主人殿の背中を流すのが夢だったのだがな……。また機会はあるだろうし、今日のところは諦めよう」

「残念だ」とこぼしながらも、姫菜は立ち去っていく。

お風呂場の椅子に座ったまま、翔太はほっと息をついた。

☆☆☆

「おお、ようやく出てきたようだな！」

風呂から出た翔太が、パジャマに着替えてリビングに戻ると、床に掃除機を掛けていた姫菜が声を掛けてきた。

さっきまでは意識していなかったが、半年の一人暮らしでかなり散らかっていたリビングやキッチンは、とても綺麗になっている。

姫菜がここに来てから、翔太が帰宅するまでの間にも、掃除をしていたのだろう。

「掃除もねーちゃんに習ったのか？」

「ああ、その通りだ……と、音がうるさいようなら、続きは明日にするが、どうする？」

「もう寝るから、明日にしてくれ」

「む、御主人殿はもう寝るのか？　ずいぶんと早寝早起きなのだな」

「ま、まあな……」

まだ時刻は九時を回ったところだ。

普段はリビングのソファーに寝転がってテレビを見たり、ネットをしたり、ゲームをやったりして深夜二時くらいまで起きている。

だが、今日はそんな気分にならなかった。

「お前はねーちゃんの部屋を好きに使ってくれ。ベッドもそのままにしてあるしさ。着替えはあの中に入ってるんだろ」

リビングの角に置かれているスーツケースに翔太は視線を向ける。

海外旅行の時に姉が使っていた、少し古いものだ。

「うむ、このメイド服の替えも入っているぞ。恵殿が買ってくれたのだ」

「それって、ずっとメイド服でいるってことか?」

「メイドだから当然のことだろう」

「いや、それはそうかもしれないけど……」

まあいいか、と翔太は思う。

そういう話はまた明日すればいい。

今は早く一人になりたかった。

「それじゃ、おやすみ。これからのことは明日話そう」

☆☆☆

翔太は自分の部屋のベッドに寝転がり、電気を消して瞼を閉じる。
しかし、なかなか眠れなかった。
本当は眠くもないのだから、当然のことだろう。
その上、姫菜のことも考えてしまう。
(今頃、あいつは風呂に入ってるのかな……)
リビングから物音は聞こえないので、たぶんそうだろう。
脳裏を過ぎるのは、シャワーを浴びている姫菜の姿。
子供のころとは違って、その体つきは、とても色っぽく、魅力的になっている。
(ああもう、なんで頭に姫菜の裸体が浮かぶんだよ!)
想像してしまったせいで、悶々としてきてしまい、さらに眠れなくなってしまった。
頭から姫菜の裸体を振り払おうと、翔太はぶんぶんと頭を振る。
そこで突然、部屋の扉が開いた。
「御主人殿、もう寝たのか?」
聞こえる姫菜の声。
続いて、足音が近づいてくる。

「……御主人殿？」

今度は耳元で問いかけられる。

息がかかるほどの距離だ。

ぞくりと身の毛がよだつ。

それでもまだ起きていることを悟られないように、必死に翔太は呼吸を一定に整え、寝たフリを続けることにした。

それから数秒後のこと。

（え……？）

突然、布団がめくり上げられた。

（って、ちょっと待てよ！　何をしてるんだよ、姫菜のやつ！）

布団の中に熱の固まりが入ってきて、翔太は混乱してしまう。

胸がドキドキと早鐘を打ちはじめているし、呼吸も荒立ちはじめていた。

「……む、御主人殿、ずいぶんと温かいな——と、足に何か当たったぞ？　いったいこれはなんだ？」

姫菜は再び身体を起こして、布団をめくり上げようとした。

もう無理だ。

眠っているフリなんてできない。

「お、お前っ、いったい何を考えてるんだよっ！」

慌てて、翔太は飛び起きる。

なにせ姫菜の足に当たっていたのは、自らの勃起したペニスだったのだ。

「……御主人殿？　もしかして、わらわが起こしてしまったのか？　ならば申し訳ない。メイドとして失格だ……。これは、切腹ものだな……」

「いや、切腹はいいから……。それより、なんで俺の布団の中に入ってこようとしたんだ？」

どうやらペニスのことはバレていないらしくて、翔太はほっとした。

「それは、その……。もう、秋だろう？　夜はずいぶんと寒くなってきたし、あたためてやろうと――」

「いや、まだそこまで寒くないから」

季節はまだ十月の後半だ。

「それに、寒かったら暖房をつけるって」

「むぅぅ……」

姫菜はだだをこねるように喉を鳴らして、唇を尖らせる。

そして、言葉を続けた。

「じ、実は一人で眠るのが苦手でな……。恵殿と一緒に暮らしている間は、共に眠っていたのだ」

「なら、竜宮城ではどうしてたんだよ」

「それはその、だな……。あれだ、ぬいぐるみだっ。抱いて寝ていたんだ。乙女だろう？　それに、御主人殿が眠るのを見届けるのもメイドの仕事のはずだっ！」

「って、言われてもな……」

姫菜は矢継ぎ早に理由を口にするが、なんだか、出任せのようなものにしか聞こえなかった。

「一緒に寝たらダメなのか？」

再び、姫菜が問いかけてくる。

「ええと……」

困ったように翔太は頭をかいた。

こうなったら素直に言うしかないのだろうか。

そうしなければ、姫菜には伝わらないような気がする。

思いきって翔太は口にした。

「こんな風にお前に側にいられると、ドキドキして寝られないだろ？」

「なに、わらわが側にいると、御主人殿はドキドキするのか？」

「……そりゃ、するに決まっているだろ」

照れながら答える。

するると、姫菜はにこりと笑って、

「ならば、わらわと同じだな」

「お、おい、お前……」

翔太が戸惑うのも当然だ。

姫菜が翔太の右手を取った。

そして、自らの胸元へと誘っていく。

「ほら、わらわだって、ドキドキしているのだぞ」

「あ……」

膨らみに触れた右手。

ふにりと、手のひらに伝わってくる感触と、胸の鼓動。

「どうだ、聞こえるか？」

「あ、ああ……」

翔太は頷いた。

「これは、変なやつらに追われている時に感じるような、いやなドキドキではない。とても、心地のいいドキドキなのだ。御主人殿はどうだ？」

「それは……」

「御主人殿にとっては、嫌なドキドキなのか？」

「そんなことは、ない、けど……」

「……ない、けど？」

「こ、困るんだよっ！」

言って、翔太は姫菜の手をふりほどく。

「こんなことをされたら、本当に我慢できなくなっちまうだろう」

「……我慢、だと？　そんなもの、する必要はないぞ」

「え……？」

「さっきも言っただろう。わらわは御主人殿のメイドだ。御主人殿のしたいことを、したいようにしてくれて構わぬ。キスだって、なんだって……して、いいのだぞ？」

頬を赤らめながら姫菜が断言した。

どくんと、心臓が大きく高鳴る。

もう後戻りはできない。

好奇心と性欲が身体を突き動かし、翔太の右手が姫菜の頬に触れた。

そして――。

姫菜の唇に、自らの唇を重ねる。

「ん、ふぅ……ちゅぱっ、ちゅ……」

はじめてのキスの味を確かめるように。

お互いの唇の感触を確かめるように。

上唇と、下唇をついばみ合う。

「はぁ……。れろ、ちゅ……はぁっ、れろ、んちゅ、ちゅむっ、ちゅ……」

お互いの口の間で絡み合いはじめる舌と舌。

姫菜が、自らの身体を擦りつけてきた。

二つのふくらみが胸に触れている。

（これがキスの味……。そして、女の子の身体——姫菜の身体なんだ……）

その凹凸や、柔らかさ——温もりを感じて、翔太はもっともっと、女の子の——いや、姫菜の身体を知りたくなっていた。

「れろ、ちゅ……れろ……ぷはぁっ……御主人、殿……」

唇が離れると共に、潤んだ瞳で見つめてくる姫菜。

どくんと、心臓が高鳴った。

性欲が、さらに突き動かされてしまう。

「姫菜ッ！」

名前を叫んだ時には、すでに姫菜の上に覆いかぶさっていた。

「んっ……んはッ……」

おっぱいに顔を埋めて、揉みしだいても、姫菜は嫌がる素振りを見せない。

つまりは、先に進んでいいということだろう。

たとえダメと言われても、ここまで来たら、もう自分を制することはできないかもしれない。

メイド服ごしでも、おっぱいのハリや、柔らかさを感じることはできる。

でも、直接見たかった。

触れたかった。

肩紐を指でずらしながら、胸元を覆っているブラウスをめくり上げる。

「すごい……」

ぷるんと目の前に現れた二つの大きな膨らみ。

その中にはピンク色の輪があって、豆粒大の突起物がある。

その片方に、翔太はむしゃぶりついた。

まるで子供に戻ったように、乳首を舐めて、舌先で転がして、吸い上げる。

「んっ……はぁっ……ひぅっ、んぅうんっ！」

翔太が何か行動を起こすたびに、姫菜が漏らす喘ぎに、翔太の興奮はさらに高まっていく。

もちろん、女体に対する興味もまだ尽きてはいない。

おっぱいを吸ったり、揉んだりを繰り返す中で、自然と右手は、彼女の下半身へと伸び、ショーツの中に突き進んでいた。

綺麗に切りそろえられた、柔らかな芝生を手で撫でるような感触。

その先にあるなだらかな下り坂には、指の動きに沿うような、縦の亀裂がある。

ちゅぷりと、指先をその中へとすべりこませていく。

「……んっ……」

姫菜が漏らす、可愛らしい吐息。

同時に膣壁がきゅっと収縮し、指先を締め上げる。

(すごい、女の子のオマ×コって、こんな風になってるんだ……)

おっぱいから顔を離した翔太は、姫菜のピンク色の秘部に視線を向けた。

カーテンの隙間からこぼれ落ちる月と街頭の灯りで、きらきらと輝いている。

すでにかなり濡れていて、指先を動かすと、ちゅくちゅくと音が立つくらいだ。

(これって、もう入れても大丈夫ってことだよな?)

姫菜の中に挿入したい。童貞を捨てたい。

そんな気持ちで頭の中いっぱいになっていた翔太は、再び仰向けの状態の姫菜に覆いかぶさった。

相変わらず、姫菜は嫌がる素振りを見せない。

頬を赤く染めて、自らの女の部分に接近していくペニスに、じっと視線を向け続けている。

「……姫菜、いいよな？」

怖くなって確認する。

なにせコンドームだってつけていない。

――。

「……もちろんだ」

姫菜はこくりと首を縦に振る。

「わらわは、御主人殿に受け入れてもらいたい。愛してもらいたい。御主人殿と、ひとつになりたいのだ」

「……姫菜……」

かわいらしいことを言うものだ。

姫菜の頬を優しく撫でて、翔太は、腰を前に突き出した。

ちゅぷりと、彼のペニスは、自らの幼なじみであり、メイドである少女の膣内へと、沈みこんでいく。

「くっ、うぅっ……！」

歯を食いしばり、苦痛に顔を歪ませる姫菜。

ずいぶんと痛いらしい。

それがわかるほどに、彼女の膣壁が、異物である翔太の肉棒の侵入を拒むように、ギチギチと締めつけてきている。

「大丈夫か？　続けていい？」

「……うん、いいぞ」

姫菜が頷くのを確認して、翔太は、さらに腰を前に押し出した。

クレバスを押し開き、奥へ、奥へと、肉襞をこじ開けるように、彼の欲望が突き進んでいく。

やがて、その先端に何かが触れた。

（これって……）

生娘《きむすめ》の証。

処女膜というものだろう。

さらに奥に進もうとすると、姫菜は白い歯を見せて、苦痛に顔を歪ませる。

「あっ……くぅうッ……！」

（一度、抜いたほうがいいんだろうか？）

翔太の不安が表情に出ていることに気付いたのだろう。

姫菜は痛みに耐えながらも口を開いた。

「大丈夫だと言っただろう。だから、続けてくれ……」

その言葉を受けて、翔太は答える。

「わかった、痛くないように頑張るから」

いっそ時間をかけない方がいいのかもしれない。

そう思って、体重をかけながら、翔太は一気に腰を前に突き出していく。

「ひぁっ……！　あああああ――ッ！」

ブツブツと何かが破れていくのを、亀頭に感じる。

処女膜を貫いたのだ。

さっきまで半分も姫菜の中に入っていなかったペニスは、今や根元まで、しっかりと温もりの中に浸っている。

「……大丈夫だったか？」

「ちょっと痛かったが……大丈夫だぞ」

そうは言うが、目尻に涙が浮かんでいる。

だから翔太は姫菜を慰めるように、優しく頭を撫でた。

「御主人殿は、どうだ？」

「どうって――」

「気持ちいいのかと聞いているのだ」

「ああ……。すごく温かくて、気持ちがいい。これが、姫菜の中なんだな……」

「ふふ、そう言ってもらえると嬉しいぞ」

にこりと姫菜は笑って続けた。

「御主人殿、続けてくれ」

「ああ――」

それならと、翔太は動き出す。

姫菜のことを気遣いながら。

ゆっくりと、ゆっくりと、抽送を繰り返す。

「んぁっ……くぅっ……んぅうっ！」

それでも、姫菜の口元から漏れる声は、苦痛混じりのものだ。

大丈夫と言っていたが、やはり、痛みはあるのだろう。

しかし姫菜は翔太に合わせて、腰を動かしはじめる。

「姫菜？　慣れてきたのか？」

「……うむ、かなり慣れてきたぞ。御主人殿のが、わらわのお腹の裏側で動いているのがわかるようにもなってる。ぴくぴくしているな」

「そりゃ、姫菜の中が気持ちいいからだよ」

「だったら、もっとわらわで気持ちよくなってくれ」

その言葉で心がくすぐられた翔太は、腰の動きを速めていった。

「……ぁっ、んぁっ！　御主人殿のが、わらわの、お腹の裏側で、感じられて……ぁっ、なんだか、変な感じだな……でも、御主人殿が気持ちよさそうにしてくれているのは、とても嬉しいぞ、んんっ……はぁっ……♡」

肉襞の感触や、お互いの体臭。

姫菜の口元からこぼれ落ちる甘い声。

そのすべてが五感を刺激し、翔太を昂ぶらせる。

気付けばパンパンと音が鳴り響くほどに腰を速く、強く、打ちつけていた。

「ひぁっ！　ああんっ！　今度は、お腹の奥……ズンズンと突かれてッ……なんだこれはっ！　突かれるたびに、頭の中が、真っ白になって……ふぁあんっ！」

もしかしたら、姫菜はイキそうになっているのかもしれない。

それは翔太も同じだった。

溢れ出てきている愛液と先走り汁によってかなり滑りがよくなっているとはいえ、処女を失ったばかりの姫菜の締めつけはかなりキツい。

経験の少ない翔太のペニスにとって、かなり刺激が強いものでもある。

太ももが震え、お腹の奥が熱くなってきていた。

「……姫菜……俺、もうイキそうだ……」

「……イキそう？」

「ああ、もう限界だ。気持ちよすぎて、意識が朦朧としてきてる……」

「……そ、そうか……。きっと今、わらわが感じているのも、その、イキそうというやつなのだな……」

「そっか、だから、さっきからお前の中、すごいのか……。オマ×コの中のひだひだが、俺のチ×コを包みこむように蠢いてる」

「御主人殿のだって、そうではないか。わらわのお腹の中でびくびくと、何度も跳ねるように動いている」

「……だな。ちょっと気を抜いたら、出ちまいそうだ」

「だったら、出していいぞ」

「でも、俺、つけてないぞ」

「……つける？」

「精液を膣内に射精したら、妊娠しちゃうだろ」

「……なんだ、そんなことか」

「そんなことって……」

大事なことじゃないのか？

そう疑問を口にしようとしたところだった。

「案ずることはない。今日は大丈夫な日だからな」

そう言った姫菜の両足が、獲物を捕らえる蜘蛛のように、翔太のお尻に絡みついてくる。

「だから好きなだけわらわの膣内に出してくれ。それで二人でイくのだ。気持ちよく、なるのだ」

こんなことをされたら、そうするしかない。

否――。

それ以外、もう、考えられなかった。

「――イクぞ、姫菜っ!!」

「んぅうぅッ！」

ぐいっと腰を前に押し出し、姫菜の子宮口に亀頭を押し当てた翔太は、今にも暴発寸前の、熱いマグマを解放する。

「くぅっ、んんぅうっ！　キてるぞっ、御主人殿のが、わらわの中に流れこんできて……熱くて、頭の中が、溶けてしまいそうだ……。あっ、またッ……きたぁっ、ひぁっ、んんぅ……ッ!!」

一度だけではない。

びゅくびゅくと、何度もペニスは脈打ち、翔太は姫菜の子宮に向けて、溜まっていた精を次々に流しこんでいく。

「ふぁっ、御主人殿っ……まだ、出て……んぅっ、んぅう……ッ!!」

翔太の目に映るのは、背を反って、今にもよだれがこぼれ落ちそうなほどに口を開き、恍惚とした表情を浮かべている姫菜だ。

とても可愛くて、いとおしい。

「……んっ、姫菜……」

翔太は熱い吐息を漏らし続けている姫菜の唇を塞いで、舌を絡め合った。

ペニスは相変わらず姫菜の中で脈打っている。

頭の中は幸せな気分で満たされて。

ただ、真っ白になって――。


翔太と姫菜はしばらくの間、抱き合ったまま一つになった余韻に浸っていた。

姫菜が翔太の頭を抱きかかえ、自らのおっぱいに押し当てているような体勢だ。

「……なあ、姫菜……」

「どうした、御主人殿?」

「もしかして、ねーちゃんがこうするように言ったんじゃないのか？　俺とエッチすれば、この家にいられるとか……」

やるだけやったあとに、こんなことを聞くのはずるいのかもしれない。

でも、ずっと気になっていたことだ。

聞かずにはいられなかった。

「御主人殿は何を言っているのだ？　これは、わらわが求めたことだ。ただ、恵殿はこう言っていたぞ。御主人殿に愛されたかったら自ら動け、とな」

「…………」

さすが姉だ。

よくわかっている。

「動いた結果、こうして御主人殿に愛してもらって、嬉しかったぞ♡」

「……そ、そうか？」

「うむっ」

とびきりの笑顔を浮かべて、姫菜は続けた。

「わらわは、御主人殿のメイドだ。だからこれからも、御主人殿がしたいようにしてくれればいい。その期待に応えられるようわらわは頑張ってみせるからな！」

そんなことを言われたら、またムクムクとペニスが元気になってきた。

「姫菜っ！」

翔太はまた姫菜の身体に覆いかぶさって、人生で二度目のセックスをする。

そして、再び果てたあとのこと。

姫菜の心地よい柔らかさと温もりに包まれながら、翔太はまどろみの中へと落ちていった。

第二章　お目覚めはフェラチオと共に

（――なんだ、これ？）

下半身に対する違和感を覚えて、翔太は目を覚ました。

なんだか妙にこそばゆい。

生ぬるいお湯に浸かっているような感覚だ。

続いて翔太の聴覚を襲ったのは、ぴちゃぴちゃという水気によって発せられる音と、吐息の音。そして、女の声だった。

「ちゅ、れろ……ううん、これでいいのかな……？　ちゅ……。れろ、れろ……」

下半身を激しい快楽が襲う。

同時に、間違いないと確信した。

（これってやっぱり、男なら誰でも夢に見るお目覚めのフェラってやつだったりするのか？）

その確信は的中《あた》っていた。

瞼を開いた翔太の目に映ったのは、自らのペニスに舌を這わす、メイド服を身につけた幼なじみ、竜宮城姫菜の姿だ。

「ちゅ、れろ……ちゅ、ふぅ……。れろ、ちゅ……れろ……おお、眠っていても、こっちの方は起きて、硬くなるものなのだな……ちゅぱ、れろ、ちゅ……」

夢のような光景だった。

いや、これは夢なのではないかと思うくらいだ。

姫菜は両手をペニスに添えるようにしながら、丁寧に、亀頭だけではなく、側面にも舌を這わしている。

「ろ……おおっ、ここを刺激すると、御主人殿のペニスは激しく反応するようだな。寝ていても、気持ちがいいものなのだろうか？」

呟きながら、傘と棒の間に重点的に舌を這わせはじめる姫菜。

「れろ……ちゅ、れろれろ……。おお、ピクピクとペニスが動いているぞ。やはり、寝ていてもわらわの舌で感じてくれているようだな」

昨夜セックスをしたとはいえ、こうしてペニスに奉仕をされるのはもちろんはじめてのことだ。

こうしてなされるがままの状態では、はじめて感じる刺激に長く保ちそうにはない。

今にも射精してしまいそうだ。

この状態をもっと味わいたいのであれば、起きるべきだろう。

翔太は上半身を起こして声をあげた。

「待った、そのままじゃイっちまう」

「おお、御主人殿。ようやく起きてくれたのか！」

姫菜はペニスから顔を上げてそう言った。

翔太が起きたことが嬉しいのだろう。

勃起したペニスの向こうで、やりきった表情を浮かべている。

「こんなことをされたら、起きないわけないだろ」

翔太は呆れたようにそう言って、続けた。

「それより、どこでこんなことを覚えたんだ？」

それが気になって仕方がない。

これも姉の入れ知恵なのだろうか？

「ベッドの下にあった漫画だ」

「え……？」

姫菜の視線が、ベッドの側にある、高さ三十センチほどのローテーブルの上に向けられる。

そこにはベッドの下に隠してあったメイドモノのエロ漫画や、そのような漫画が載っているエロ漫画雑誌が数多く積まれていた。

「どうして机の上にこんなものがあるんだよ!!」

思わず翔太は声を荒げてしまう。

えへんと胸を張るようにして姫菜は言った。

「掃除をしている最中に見つけたのだ。たくさんベッドの下にあったぞ。だから参考に読ませてもらった」

そして、お目覚めのフェラをしたということのようだ。

「いや、読ませてもらったって……」

「ダメだったか?」

「いや、ダメじゃないけど……」

その行為自体は、とても嬉しいことだ。

本当に夢のようでもある。

「だったら、何を案じているのだ? 掃除はすでに終わらせているし、弁当もつくり終わっているぞ」

「いや、そういうことじゃなくてさ……」

言われてみると、確かに部屋が片付けられている。

床に散らばっていた本なども綺麗に整理されていた。

「ここまで終わってるってことは、もしかして、かなり早く起きてたってことか？」

「いや、早いというわけではないぞ。恵殿のところでもこれくらいの時間に起きて弁当をつくっていたしな。メイドとして当然のことだ。睡眠だって、城にいた頃に比べれば、十分と言えるほどに取れている」

姫菜は得意げな表情を浮かべるが、翔太はその言葉に疑問を覚えた。

「ちょっと待ってくれよ。城にいたときって、身の回りのことは、それこそメイドがやってくれていたんじゃないのか？」

「あ……」

しまった、という表情を姫菜は浮かべる。

「実は今の話は、お父様が城から消えた後の話なのだ」

それから姫菜が語ったのは、聞いていて、とてもつらくなる話だった。

父が消え、メイドも消え、執事も消え、一人きりの寂しい竜宮城。

その周囲にはマスコミが張りこんでいた時もあるし、怪しげな男が周囲を徘徊したり、入り口の門を叩いたりする者もいた。

不安や恐怖が募る上に、深夜であれ、チャイムや電話が鳴ることもある。

当然、あまり眠ることはできなかった。

三時間でも寝れたらよい方だったという。

「……と、せっかくの晴天、明るい朝に、暗い話をするのはお天道様に失礼だな。それよりどうだ。わらわのフェラチオは、気持ちがよかったか？」

それが気になって仕方がないようだ。

自分の身の上話をしていた時のつらそうな表情から一変、目をキラキラとさせて姫菜は聞いてくる。

（しかも、フェラチオって今、言ったよな……）

そんな言葉が姫菜の口から飛び出してくるなんて、昔ならば考えられなかったことだ。

それだけにドキドキしながらも、翔太は素直に頷いた。

間違いなく、とても気持ちがよかったからだ。

「だったら続きをさせてもらうぞ。まだやってみたいことはたくさんあるのだ。きっと御主人殿は、もっともっと気持ちよくなれるはずだぞ♡」

そう言って姫菜は口を大きく開き、翔太のペニスをぱくりとくわえて、粘膜のぬくもりの中へと誘っていった。

「う、わ……」

まるで身体の一部だけ温泉の中に浸かっているような感覚だ。

そこで姫菜は舌を動かしはじめる。

「んぐっ、れろ、ちゅ……れろれろ……こうすると、殿方は喜ぶと本に書いてあったのだが、どうだろうか？」

「いいぞ、姫菜……すごくいい……」

口内のぬくもりと舌による刺激によって、下半身が溶け落ちてしまいそうだ。

お腹の奥から熱いものがせり上がってきてもいる。

「そうか、ならば続けよう。御主人殿、わらわの舌で、もっともっと気持ちよくなって、しっかりと目を覚ましてくれ」

さらに姫菜は舌を動かし、奉仕を続けていく。

目に映るのは頬をペニスの先端の形に膨らませた姫菜の姿だ。

その向こうではゆさゆさと重みのある二つの瓜のような膨らみが揺れている。

「れろ、ちゅ……れろ、ちゅ……れろ……御主人殿、これはどうだ？　じゅっ、じゅばっ、じゅっ……」

「……っ、うわっ……」

舌を縦にして、尿道口を刺激するだけじゃない。

思いっきり吸い上げられて、翔太の背筋はぞくぞくと震えた。

「なあ、姫菜……」

「ん、なんだ？」

顔を上げた姫菜の口元からは唾液と先走り汁が混じったものが流れ落ちている。

めちゃくちゃいやらしい。

そんな姿を見ていると、興奮を隠せなくなってしまう。

「今度は、俺が動くぞ」

遠慮することはない。このまま一気にイキたい。そんな思いに囚われて、翔太は両手で姫菜の頭をつかみ、乱暴に腰を振りはじめた。

「動くって、御主人殿っ……んっ、んぐぁっ……んむぅううッ！」

「姫菜ッ！　姫菜ッ！」

翔太は叫びながら腰を突き出し続ける。

「んぐっ……んぅ……っんぅうッ！　んぐッ！　んぅううーーーッ！」

柔らかな肉や、その向こうにある頬骨を何度も突きながら、ペニスは姫菜の喉奥へと侵入していく。

「んはっ……んッ……んぐッ！　そこはっ、んぐっ、ううっ……んぐぅうーーーッ！」

ようやく、亀頭がすっぽりと喉奥に達していった。

喉仏がプルプルと震えて、刺激を感じる。

「かはっ、んっ……くはっ……！　けほっ、けほっ……んぐっ、うぇっ……ふぁッ！」

口で呼吸することができないのだろう。

苦しそうにえずく姫菜。

鼻息も荒くなっている。

可哀相かな、と少し思うが喉奥にすっぽりとペニスがはまった瞬間はとても気持ちがよくて、腰の動きを止めることはできなかった。

「ひぐッ、うんッ……！　うぇっ……ふぁッ……んぅううんッ！」

幼なじみメイドの口をオナホールのように使っていることの興奮もある。

次第に、真っ白になっていく頭の中。

腰の動きは加速していく一方だ。

でも、こんなことは長くは続けられない。

熱いマグマはすでにペニスの先端まで迫っている。

「――いくぞッ、姫菜ッ！」

これで終わりだというように、喉奥にペニスを突き刺した翔太は、下半身に入れていた力を解放した。射精の時がやってくる。

「んふっ……ふぅ……んっ、んぅううぅーーーーッ！」

激しく脈打つペニスはやがて口外へと飛び出し、びゅくびゅくと、姫菜の顔を白くベタベタした粘液で染め上げていった。

「こほっ、こほっ……御主人殿、さすがに少しつらかったぞ……」

「あはは、ごめん……」

何度も咳きこんでいる姫菜を見ていると、さすがに悪いことをしてしまった気分になる。

だから素直に翔太は謝罪した。

そして、枕元に置いてあったティッシュペーパーを手に取り、姫菜に差し出す。

「ほら、顔についてるの、拭き取れよ」

「……ありがとうなのだ、御主人殿」

頬を赤らめながら感謝の言葉を口にした姫菜は、顔に付着した精液を拭きとっていく。

その姿を見ていると、再び勃起してきてしまった。

「なあ、姫菜。漫画通り、続きをやってくれるか？」

翔太がベッドの上に仰向けに寝転がる。

その姿を見て理解したのだろう。

「そうか、これで終わったわけではないのだな。確かに漫画ではこのあとに続きをしていた。わかった、そうしよう」

そう言って立ち上がり、大きく股を開いて、翔太の身体を挟むような形になった。

そこでゆっくりと腰を下ろしながら、姫菜は漫画の内容通りにペニスに手を当て、自らのスリットに亀頭の位置を合わせていく。

「ふぁっ……あっ……んうっ……！　御主人殿のが、入ってきているぞ……♡」

ペニスに舌を這わせている間にかなり興奮していたのだろう。

姫菜の陰部はずいぶんと濡れていた。

加えて、この体位のせいだろう。

翔太にはわからないが、昨夜よりすんなりと、ペニスは姫菜の奥深くへと呑みこまれていった。

「ふふふ、御主人殿のが奥に当たっているな」

淫靡な笑みを浮かべながら、円を描くように姫菜は腰を動かしはじめる。

「んふ……どうだ……？　御主人殿は、これで気持ちがいいか？」

「あ、ああ……」

「そうか、それはよかった♡」

嬉しそうに微笑む姫菜。

「お前の方はどうなんだ？」

「もちろん、わらわも気持ちがよいぞ」

その答えは、翔太にとって満足いくもので……。

ニヤリと笑みを浮かべて、翔太は続けた。

「だったら、もっと気持ちよくさせてやるよ」

「ひぁんっ！」

翔太が腰を突き上げると、姫菜はひときわ甘い声をあげる。

その刺激はかなりのものだったようだ。

翔太の腰の上で、姫菜はぐったりとしている。

「どうした？　もう終わりなのか？　漫画は挿れただけでは終わってなかっただろ？」

「う、うむ……。御主人殿の言う通りだ。それはわかってッ……！　んッ、あっ……！　ひぁッ！　あああんッ！」

翔太は自ら腰をぐにぐにと8の文字を描くように動かしはじめた。

それでペニスはさらに奥深くまで入りこみ、膣肉がきゅっきゅっと激しく絡みついてくる。

「うあッ……！　御主人殿……ダメだ、それはッ……。そんなことをされたら、わらわはッ、わらわはッ……ひぁんッ！　ああんッ！」

ぐりぐりと子宮口に押しつけられるペニスの先端による快楽に耐えられなくなったのか、姫菜は腰を浮かせようとする。

そこで、翔太は一気に腰を押し上げた。

「んうううううう〜〜〜ッ!!」

ペニスに再び子宮口を突かれた姫菜はガクガクと全身を震わせる。

それでも翔太は腰の動きを止めることはなかった。

「もう完全に目が覚めたし、さっきのお返しだ。思いっきりイカせてやるよ」

翔太はハンドルを握るようにメイド服の上から姫菜のおっぱいを掴んで、ピストンをはじめる。

「ぁっ、ダメだ御主人殿ッ……もう……もうッ……！　ぁあッ……！　うぁ……ああぁッ……！」

意識が朦朧として、ついには身体のバランスを取ることができなくなってしまったのだろう。

ぐったりとした様子で姫菜は上半身を前に倒していく。

その目は、すでに虚ろなものだ。

それでも翔太は腰の動きを止めなかった。

顔にかかった姫菜の髪を手でかき上げて、口角から垂らしはじめている唾液をすべて受け止めるようにキスをする。

「れろ、ちゅ……んっ……もう、ダメだっ……イクッ……イクっ！　うぁっ、ちゅ、

れろ……ちゅ、んぁっ、れろ、ぁんッ、あああああ……っ！」

もちろん舌を絡める長い口づけ。

その中で達する姫菜は、キュッキュッと膣を締めつけ、翔太のペニスに射精を促した。

まだ経験の浅い翔太のペニスは、当然それに耐えることができない。

限界が訪れた翔太は、ドクドクと姫菜の膣内に精を放っていく。

「ぁっ……キてるぞッ……御主人殿の精液が、わらわの膣内《なか》に流れこんできて……はあっ、ううっ……んぐっ……れろ、ちゅ……」

今度は姫菜からキスをしてくる。

口の中に侵入してきた舌に舌を絡め返しながら、翔太はさらに射精を続けてゆく。

二度目だというのに、その量はかなりのものだ。

一分ほどした後、立ち上がった姫菜のぱっくりと開いた女の花びらの中から、ドロリと精子がこぼれ落ちてきたことを見ても、それがわかる。

「すまない、御主人殿よりも先にイってしまった……」

「そんなの気にするなよ。これだけ出たんだからさ」

「そうだ。そういえば、終わったあとはこうするのだった」

そう言って、翔太の下半身に顔を近づけた姫菜は、たくさん感じさせてくれてありがとうと言うように、舌で丁寧に、ペニスに付着した精液や愛液を舐めとりはじめる。

いわゆるお掃除フェラというやつだ。

そんな甲斐甲斐しい姿を見て再び勃起してしまうのは仕方のないことだろう。

当然、姫菜もそれに気づいていた。

「もう一度するか？」

ペニスを握りしめて聞いてくる。

姫菜もしたそうだし、できればしたいと思うが、時計を見ると、学校に向かう時間だ。

それに姫菜も気づいたのだろう。

「と、このままでは遅刻してしまうな」

姫菜はペニスから手を離す。

なんなら学校をサボっても……と思ったが、これから毎日、姫菜は側にいるのだ。

焦る必要はない。

それに学校をサボると言ったら、姫菜は嫌がるような気がする。

昔から、姫菜は真面目な性格だったからだ。

「すぐに制服に着替えるから、パンを焼いておいてくれ」

「うむ、わかったぞ」

自分の手に付着していた精液を舐めとって、姫菜は部屋を出ていった。

☆☆☆

姫菜のあとを追うように部屋を出た翔太が風呂場で軽く体を洗い、着替えを終えてリビングに移動すると、テーブルの上にはパンだけではなく、ミルクや、スクランブルエッグ、ソーセージが用意されていた。

そこで翔太がもう一度時計を確認する。

普段はすでに家を出ている時間だ。

ゆっくりと食事をしている暇はなさそうだった。

しかしせっかく姫菜が用意してくれたものだし、食べないわけにはいかないだろう。

「ほら、御主人殿。あーんだ」

「いや、あーんって……」

姫菜がフォークに刺さったソーセージを突き出してくる。

（……って、照れている時間もないんだよな……）

期待に満ちた瞳を向けている姫菜の機嫌を損ねたくもない。

翔太は大きく口を開けて、ソーセージに食らいついた。

「どうだ？　美味いか？」

「ああ、美味いよ」

それは本当のことだ。

「でも、時間がないから、後は自分で食べることにするけどいいか？」

「あ、そうか。そういえばそうだった。残念だが仕方がない」

翔太は一気にスクランブルエッグを胃の中にかきこみ、牛乳で流しこんでいく。

そしてパンをくわえて立ち上がり、鞄を手に取った。

「ごひほうさまっ！」

玄関に移動して靴を履くと、姫菜が追ってくる。

翔太はパンを呑みこんで、

「ほれじゃ、行ってふる」

「ああ、行ってこい」

くすりと微笑んで。

姫菜は翔太の頬にちゅっと口づけをした。

「なっ、お前……!?」

「いってらっしゃいのちゅーだ」

翔太の頬が、かっと熱くなる。

「どうしたのだ、御主人殿？　時間がないのではないのか？」

ぼーっと立っている翔太を見て、姫菜は首をかしげる。

それでハッとなった。

「え……あ、そうだっ！　それじゃっ！」

赤く上気しているだろう頬を隠すように姫菜に背中を向けた翔太は、颯爽と家を飛び出した。

第三章　学校で隠れてメイドエッチ！

しんと静まり返った市立竜宮高校のとある教室で、一時間目の授業が行われていた。

現代国語の授業である。

しかし翔太はまったく授業に集中できていない。

姫菜のことばかり考えてしまうせいだ。

(まさかあれほどまでに綺麗になっていて、しかも自分のメイドになって、朝にあんなご奉仕をしてくれるなんてな……)

昨夜の初体験のことや、今朝のお目覚めフェラのこと。

姫菜の膣内のあたたかさや、舌使いによる快楽を思い出して、でへへと頬が緩んでしまう。

下半身が熱くなってもいた。

必死にそれを抑えているうちに一時間目の授業が終わり、二時間目の授業も終わり、やがて昼休みがやってくる。

席を立った翔太は、一階の購買に向かった。

いつものようにサンドイッチとジュースを買うためだ。

五分ほどで購入が完了。

食べるのはさっきまでいた三階の教室なので、階段をのぼって戻っていると、ポケットの中にあるスマホがブルブルと震えはじめた。

（……なんだ？）

短いものではない。

振動は長く続いている。

手に取り出して確認をすると、電話帳に登録されていない相手からの着信であることがわかった。

普段なら無視をするところだ。

しかし、もしものことを考えて、翔太は電話に出ることに決めた。

『……御主人殿か？』

耳にした声で、そのもしもであることを翔太は理解した。

スマホのスピーカーから聞こえてきた声は、その口調が物語るように、間違いなく姫菜のものだったからだ。

「おう」

返事をして、自分であることを示し、翔太は続けた。

「いったいどうしたんだ？　っていうかお前、スマホを持ってたんだな」

『うむ、持っていたぞ。ただ、家を出てからは番号が変わっているのだ。元のものだとわらわを探している者たちに逆探知とやらをされる可能性もあるということで、恵殿に新しいものを買ってもらってな。ここに来る前には、御主人殿の番号とメールアドレスも登録してもらった。何かあった時のためにとな』

「それはいいとして、今はその何かあった時なのか？　まさか、変なやつが家に来たとか……」

そう言ったところで、家のチャイムや電話が鳴っても出るなと伝えていなかったことに翔太は気付いた。

もし両親や親戚、知り合いからの電話ならば、あとで事情説明をしなければならなくなるし、いきなり普通のマンションの一部屋からメイドが出てきたら、宅配業者や訪問販売員も驚き、不審に思うはずだ。

ご近所様でもそれは同じだろう。

それらを防ぐためにも、ちゃんと言いつけておかねばならない。

『いや、そんなことはないぞ。来訪者も電話も今のところはゼロだ』

「だったら、なんで電話をかけてきたんだよ」

まさか声が聞きたかったなんて、そんな可愛いことを言うのではないかと一瞬期待をしたのだが、どうやらそうではないらしい。

『お弁当を持ってきたのだ』

それが、姫菜の返答だった。

「……お弁当？」

『今朝の時点でつくっていたのだが、御主人殿が家を出る前に焦っていたこともあって渡すのを完全に忘れていたのだ。御主人殿が通っているのは竜宮高校だろう？　今、校門の前まで来ている。すぐに取りにきてくれ』

翔太は階段をあわてて駆け下りた。

昇降口で靴を履き替え、たどり着いた校門前。

そこに、姫菜が立っていた。

若い女性が手に弁当箱を持ち、校門前に立っているだけでも異様な光景だ。

その上、メイド服まで着用しているとなれば、当然、注目を浴びている。

「なんだあの子？」「すごく可愛くね？」「なんかお嬢様っぽくない？　でも、なんでメイド？」

などという声も聞こえてくるくらいだ。

なにせ竜宮高校は、姫菜の通っていたお嬢様高校とは違い、ごくごく普通の一般市民の通う高校である。

メイドがやってくるようなことは絶対にない。

このまま彼女を放置していたら、いつかは教師陣にも気付かれて、大事になってしまうだろう。

そこで姫菜が同居のことやメイドのことを喋ったら、それこそ一大事だ。

後始末のことを考えるだけでぞっとする。

「御主人殿っ!!」

翔太の姿を見るなり、姫菜がパッと表情を明るくする。

同時に、彼女に注目していた学生たちの視線が翔太に向けられた。

まるで、針のむしろのようだ。

(こうなったら、仕方がないよな……)

今やるべきことは、一秒でも早くこの場から消えることだ。

見ていたクラスメイトに後でなんと言われるかわからないが、それも覚悟の上である。

「こっちだ!」

翔太は慌てて姫菜の片腕を取った。

「なっ、何をするのだ御主人殿っ！」

「いいから、ついてこい！」

そのまま翔太は姫菜を引っ張るようにして、校門から飛び出した。

☆☆☆

校門を出て一つ目の角を曲がったところで、翔太は足を止めた。

同じく姫菜も足を止める。

その後は一分ほど歩いて校舎を半周すると、裏門に辿り着いた。

目の前にそびえているのは、閉ざされた裏門と、教室が少なく、科学室、音楽室、視聴覚室など、特別教室の多いＢ校舎だ。

人の気配はまったくない。

「入るぞ」

どうやって？　と戸惑う姫菜の手を引き、翔太は裏門の右隅にある通用口から、再び校内に足を踏み入れる。

下校時刻が過ぎたあと以外、その通用口の鍵がかけられていないことは学生の間では有名だ。

当然、翔太も知っている。

「そこに座るか」

翔太が視線で示したのは、B校舎の裏扉の前にある、二十センチほどの高さの段差だ。

コンクリートで舗装されているので、そのままお尻をついても問題ない。

二人は揃って段差に腰を下ろす。

「——と、御主人殿。その手に持っているものはなんなのだ？」

ひと息つく暇もなく、翔太が抱えている紙袋に視線を向けて、問いかけてくる。

「実はお前から電話が来た時点で、購買で飯を買っちまっててさ」

そう言って翔太は紙袋の中からたまごサンドを取り出して姫菜に見せつけた。

「そうか、どうやら少し遅かったようだな」

残念そうに呟く。

「メールをしてくれればよかったのに。そうすりゃ、待っていたんだけどさ」

「御主人殿に驚いてもらおうと思ったのだ。しかし、失敗だったようだな。本当に申し訳ない」

姫菜は深くため息をついた。

せっかく自分のことを思って来てくれたのに、悲しい想いをさせてしまったようだ。

それどころか、謝罪までさせてしまった。

そこで翔太はある提案を思いつく。

「ところで、お前はもう昼飯を食ったのか？」

「いや、わらわは家に帰ってから食べるつもりだ。まずはこれを御主人殿の元に持っていくのが最優先だと思っていたからな」

「じゃあ、俺のこれをお前が食えよ」

翔太は姫菜に紙袋を差し出した。

「いいのか？」

「そりゃ、俺にはお前のつくってくれた弁当があるんだしさ」

「しかし、家にはわらわの分の昼食があるのだが……」

「それは俺とお前で夜に食えばいいだろ。ってことで食おうぜ。結構美味いんだ、そのたまごサンド。オレンジジュースも果汁百パーセントだしな」

翔太は弁当箱と箸を袋の中から取り出し、蓋を開けた。

「お、野菜炒めとシュウマイか。いいじゃないか。美味そうだ」

「御主人殿……」

「ん、どうした？」

「ありがとなのだ。わらわに気を遣ってくれて」

「気なんて遣ってないぞ。本当に美味そうだからそう言ってるだけだって」

「いや、そういうことではなくて……。いや、いい。どうぞ、食ってくれ」

「お、おう……」

翔太は箸で弁当をつつきはじめる。

「うん、やっぱりうちのおふくろの味だな」

野菜炒めを口に運んで咀嚼《そしゃく》したあと、昨夜と同じくそう思う。

「思った通り美味かった。こっちもどうかな」

次はシュウマイを口に運ぼうとした時のことだ。

自分が食べる様子を姫菜がずっと見ていることに翔太は気付いた。

「あのさ……」

「ん、なんだ?」

「そうやって俺のことを見てないで、お前も飯を食えよ」

「わ、わかったぞ……」

じっと食べるところを見られているのは、恥ずかしくてたまらない。

そう思って翔太が言うと、姫菜は慌てて紙袋からたまごサンドを取り出して食べはじめた。

「い、いただきます、なのだ」

小さな口でぱくぱくとたまごサンドを囓りはじめる姫菜。

小動物のようでかわいらしい。

（……って、俺がじっと見ていてどうするんだ）

姫菜と同じことをしているのに気付いて、再び翔太は弁当に箸を伸ばした。

すると今度は姫菜がまた手を止める。

「それはどうだ？　美味いか？」

翔太がシュウマイを食べ終えると同時に姫菜が問う。

「ああ、美味いよ」

やはり姫菜の食事は美味い。

それは間違いないことだ。

「だから、お前も食べろって」

「うむ、わかった。ただ、こうしているのが、とても嬉しくてな」

「嬉しい？」

「うむっ」

そう答える姫菜の声は弾んでいた。

「もしわらわたちが同じ中学や高校に通っていたら、このような時間を、たくさん過ごせたのだろうか？」

たまごサンドを一つ食べ終えると同時に姫菜は言った。

「そうか……。そうだな……」

もしかしたら、そういうこともあったのかもしれない。

「でも、もしそうだとしたら、お前はメイド服を着て俺のところに現れて、昨夜みたいなことにはなってないかもしれないだろ」

「そんなことはないと思うぞ。わらわの気持ちは、どんな状況でも、絶対に変わっていなかったはずだ。もしかしたら、もっと早く、昨日の夜みたいなことになっていたかもしれないくらいだ！」

「…………」

姫菜にそう断言されて、翔太は照れてしまう。

（でも、それはどうだろうな……）

きっとずっと同じ学校でも、同じように距離をつくっていたような気さえする。

なにせ今だってこの状況が信じられないし、恥ずかしくて、好きだとも言えていないのだから――。

「御主人殿、どうしたのだ？　いきなり黙ってしまって」

「な、なんでもねえよ……」

誤魔化して、翔太は白飯を胃袋の中にかきこんでいった。

☆☆☆

「ふう、食った食った」

十分もすれば、弁当の中は空になった。

姫菜もたまごサンドを食べ終えているし、オレンジジュースも飲み終えている。

「ごちそうさま」

翔太は空いた弁当箱と水筒を袋に入れて、姫菜に返却する。

「おそまつさまなのだ。どうだ、満足してくれただろうか？」

「ああ、めちゃくちゃな」

「それはよかった」

翔太の返事を聞いた姫菜は満足気に微笑んだ。

「それはそうと、御主人殿……」

「ん……？」

わずかに腰を上げた姫菜は、翔太との距離を詰めていく。

それで二人の間の距離は、肩が触れ合うほどのものになった。

「あの、だな……」

頬を赤く染めて、もじもじと身体を揺らす姫菜。

いったいなんだというのだろう？

「まだ時間はあるのだろう？」

「時間って……」

「ここで一緒にいられる時間だ」

「お、おい、お前……どうしたんだ？」

翔太の方に顔を向けた姫菜の吐息が荒くなっていた。

それだけじゃない。唇が近づいてもくる。

「んっ……」

ちゅっ、と短いキスをして、俯いたまま、照れくさそうに、姫菜は言った。

「……御主人殿が学校に行ってから、ずっと寂しかったんだ……。昨夜のことを思い出すと、身体が火照って、たまらなくてな……」

「それで、ずっとこうしたかったのか？」

「うむ、その通りだ」

こくりと、姫菜は頷く。

「それは、俺も同じみたいなもんだ」

呆れたように笑って、翔太は言った。

「御主人殿も、同じ……だと？」

「ああ、お前のこと……昨日の夜のことや、今朝のことが頭から離れなくて、まったく授業に集中できなくてさ。トイレに駆けこんで、オナニーをしようかと思ったくらいなんだぜ」

「え、あ、それは、その……ッ……」

冗談めかしてそう言うと、姫菜の顔はさらに赤くなり、慌てた様子を見せはじめる。

それで、はっとなった。

「もしかしてお前、オナニーしてたのか？」

「……っ」

照れたように顔を真っ赤にして、

「そうだ」

頷いて、姫菜は続けた。

「御主人殿のベッドのシーツを直していると、御主人殿の匂いがして、ドキドキしてきてな。我慢できなくなってしまったのだ」

そう言う姫菜はめちゃくちゃ可愛い。

手を伸ばし、姫菜の頬に触れた翔太から、今度は唇を近づけていく。

「ん……ふぁっ……」

短いキスを終えると共に、姫菜の口元から漏れる淫靡な吐息。

この先を期待して顔はさらに赤くなり、表情はとろんと蕩けていた。

「姫菜、そこに手をついて、お尻を上げるんだ」

「うむ、わかった」

こくりと頷いた姫菜は、翔太が視線で示した校舎の壁に手をついて、お尻を突き出すような体勢をとった。

「いいぞ。完璧だ」

満足げな表情を浮かべた翔太はそう言って彼女の背後に立ち、自らのズボンを下ろし、ペニスを取り出した。

学業を本分とする学舎でセックスするという背徳に興奮を隠すことはできず、痛いほどに勃起している。

早く姫菜の中に入りたいと悲鳴をあげていた。

だから翔太はすぐさまロングスカートをめくり上げ、露わになったぷりぷりの尻肉をぐいっと右手で掴む。

柔肌に沈みこんでいく五本の指先。

そのまま左手で陰部を隠しているパンティをずらすと、定規で線を一本引いたような美しいスリットが目に飛びこんできた。

それを親指と人差し指で開くと、水気に溢れたピンク色の襞が現れる。

翔太のものを求めて、ひくひくとひくついていて、とてもいやらしい。

「本当に欲しくて欲しくてたまらなかったんだな」

翔太はそうこぼしてニヤリと口元を緩めた。

もう我慢ができないのだろう。

姫菜は首だけで振り返り、翔太に懇願する。

「御主人殿、早くオチン×ンを入れてくれ……。わらわは、欲しくて欲しくてたまらぬのだ……。よろしく頼む……」

それは翔太も同じことだ。

早くしたくてたまらない。

「わかったよ。すぐに挿れてやる」

そう言って、翔太は勃起したペニスをパンティの隙間に滑りこませ、性器にあてがい、そのまま腰を前に突き出した。

「んぁっ、あっ！　キてるぞっ……！　御主人殿のオチン×ンが、わらわの膣内に入ってきて……！　ふぁっ……あぁッ……！」

待望のペニスを挿入された姫菜は感慨に咽《むせ》び啼きながら、びくびくと背筋を震わせる。

昨夜からの連戦続きで膣肉が奥までほぐれていたせいだろうか。

それとも、少し前までオナニーをしていたせいで、びちょびちょに濡れていたせいだろうか。

ペニスは一気にずいっと、姫菜の奥深くまで埋もれていった。

「姫菜、動くぞ」

昼休みの残り時間はまだあるとはいえ、人が来ないとも限らない。

この状態を長く続けるのはリスクが高いだろう。

そう判断した翔太は、動物の交尾のように姫菜の身体を背後からぎゅっと抱きしめて、激しく腰を振りはじめた。

「ひぁ……ああっ……！　ふぁああっ……！　お腹の裏側で御主人殿のが擦れて……ふぁっ、すごっ……！　あっ、すごいのだぁっ……ぁあああっ……！」

翔太のペニスの動きを受けた姫菜は、がくがくと全身を震わせながら、声を漏らしはじめた。

それだけペニスを待ち望んでいたのだろう。

口は半開きになり、目はとろんと蕩け、淫靡な表情を浮かべている。

かくいう翔太も、この状況に満足していた。

前から挿入するよりも征服欲が満たされるし、嗜虐心も昂ぶってくる。

次第に翔太の腰の動きは加速していき、姫菜の身体を何度も串刺しにするように突きはじめる。

「くぁっ、御主人殿っ……！　そんなに激しく奥をズンズンと突かれては……！　わらわはもう、もうっ……！　ひぁっ……あぁっ……ああんっ！」

じんわりと汗ばんでいるうなじに顔を近づけ、キスをする。

「くぅんっ！」

そのまま肌を吸い上げると、びくんと跳ねる背中。

翔太はブラウスの隙間から右手を突っこみ、激しい挿入を繰り返すたびにゆさゆさと揺れるおっぱいの片方を鷲づかみにした。

続いて、ぷっくりと膨らみ、勃起した乳首を摘み上げる。

姫菜の身体が電流が走ったように、びくんと跳ねる。

「ひぁッ、あんッ！」

二人の結合部から鳴り響く、粘液が混ざり合う、淫靡な音がさらに激しいものになっていた。

姫菜の嬌声も、獣のような低い唸りへと変化してもいる。

突如そこに混じりはじめたのは、小鳥のさえずりのような女の声だ。

(ヤバっ、誰か来たのか?)

翔太は腰の動きを止めて、耳を澄ます。

「……御主人殿、どうしたのだ?」

「しーっ、ちょっとだけ静かにしてくれ」

首だけで振り返り、まだ物足りないというように甘えた声を出す姫菜の口を、翔太は慌てて塞いで、言葉を続けた。

「誰か、来たみたいだ」

「……え?」

翔太に言われて耳を澄ます姫菜。

すると、次第にその声は大きくなっていった。

……二人?

いや、三人はいるだろうか?

不幸中の幸いは、裏庭に近づいてきているわけではないことだろう。

三人の女生徒は、目の前のB校舎の廊下にいるようだ。

「御主人殿……大丈夫だ」

翔太の方を見て、姫菜は強がった笑みを向ける。

「わらわが声を抑えれば見つからない。だから、続けてくれ」

「……本当に大丈夫なのか？」

「うむ、わらわを信じろ」

もし見つかったら停学。

それどころか、退学になるかもしれない。

このままセックスを続けることは、危ない橋を渡るようなものだ。

それでも、欲望には逆らえなかった。

ここで止めることなんてできそうにない。

「わかった。すぐにイかせて、お前を満足させてやる。だから宣言通り、絶対に声を出すなよ」

そう言って、翔太は腰の送りを再開する。

「……っ……くッ……！　んぅうッ……！」

宣言通り歯を食いしばり必死に声を抑えようとする姫菜に対して、翔太は容赦なく、激しい抽送を繰り返していく。

快楽に溺れて正常な判断ができないというのもある。

だが、それ以上に、この薄氷を踏み歩くようなギリギリのシチュエーションに昂ぶりも覚えていた。

「……ふぁんっ、んぅうっ……くぅっ……んぅっ、んっ……ぁはっ、んっ、くぅううっ……！」

声を出さないために必死に口を塞ぐ姫菜の顔は、酸欠のせいか真っ赤になり、目も虚ろになっている。

声を抑えるのは、もう限界なのだろう。

「うぁっ、ぁっ……御主人殿……っ。わらわは……わらわはもうダメだっ……ぁうッ……も、もうイって……イってしまうッ……！」

そう口にしながらも、姫菜は口をパクパクさせ、必死に声のボリュームを上げないようにしていた。

そのせいだろうか、口元からはだらりと唾液がこぼれ落ち、緩んだ目尻には涙の粒が浮かんでいる。

「イキそうなのは俺も同じだ。だから、あと少しだけ我慢してくれ」

翔太はそう言って、腰の動きを速めていく。

押し寄せる快楽はかなりのものだろうに、姫菜はそれにも必死に耐えていた。

「……っくッ、出るッ！」

ようやく、その時が訪れる。すると、姫菜は振り返り言った。

「御主人殿、お願いがある。出すならば、中に射精してくれっ！　御主人殿が帰ってくるまでの間、わらわのお腹の中で御主人殿を感じることができるようにしてくれ！」

そんなに可愛い要求をされたら、応えるしかないだろう。

「わかった、イクぞッ！」

「んっ、んんぅううう……ッ!!」

声を抑えるように、姫菜の口をふさぐように手を当てた翔太は、その中に指を滑りこませながら腰を激しく打ちつけた。

「ふぁっ……あっ、流れこんでくるぅっ……御主人殿の温かいものが、たくさん……いっぱい……わらわの中に……ふぁっ、あああ……♡」

ドクドクと、リクエスト通り精を注ぎこまれた姫菜は、甘美な表情を浮かべながら、ガタガタと下半身を震わせていた。

「……っと、そのまま倒れたら、服が汚れちまうぞ」

快楽に全身が囚われ、膝から地面に崩れそうになった姫菜の身体を、翔太は背後から抱きしめる。

「すまない、御主人殿……」

姫菜はなんとか二本の足で自らを支え、身体のバランスを取った。

そこに響いたのは予鈴の音だ。

「やばっ、昼休みが終わっちまう。教室に戻らないと……」

「御主人殿……」

慌てて、ズボンを穿いたところで声がかかった。

姫菜に視線を向けると、何かを求めるように、潤んだ瞳で翔太を見つめている。

もっとエッチがしたい……というわけではないだろう。

翔太が教室に戻らなければいけないことはわかっているはずだ。

ともなれば、いったいなんなのだろう？

(もしかして、キスがしたいのか？)

出た結論はそれだった。

だから側に寄って、姫菜の頬に手を触れる。

すると姫菜は瞳を閉じて、唇を突き出してきた。

(やっぱり、思った通りみたいだな)

ふっとため息をついたあとのこと。

翔太はちょんっと軽く、姫菜の唇に自分の唇で触れた。

ちょっぴり切なくて恥ずかしい。

そんな、お別れのキスだ。

「……それじゃ、俺は教室に戻るから。もう一回チャイムが鳴ったら授業がはじまるし、それから五分くらいしてから帰れば、きっと誰にも見つからないと思う」

その方が安全に違いないと思ってのアドバイスだった。

「わかった、御主人殿の言う通りにしよう」

頷く姫菜を見て安心した翔太は自分の教室があるA校舎に向かって歩き出す。

「あ、そうだ……」

思い出したように呟いて足を止め、翔太は振り返り、姫菜に向けて言葉を続ける。

「最後になったけど――わざわざ学校まで弁当を持ってきてくれてありがとな」

「いえ、どういたしましてなのだ」

翔太の感謝の言葉を聞いて、姫菜は心の底から嬉しそうに微笑んだ。

第四章 一緒にお風呂に入ろう！

「ただいま」

「おかえりだぞ、御主人殿」

玄関に入った翔太が声をあげると、すぐに姫菜の声が返ってきた。

続いて聞こえる足音も、当然、姫菜のものだ。

リビングからやって来た姫菜は、両腕を広げて、翔太に抱きついた。

「夕食をつくってるのか？」

鼻腔に流れこんでくるのは昨日と同じ、とても美味しそうな匂いだ。

「ああ、もうすぐできるから、御主人殿は着替えてくるといい」

言われた通り翔太は自分の部屋に向かい、Ｔシャツに短パンと、制服からカジュアルな室内着に着替えをする。

そしてリビングに戻ると、あることに気付いた。

テーブルの上に二冊の漫画が置かれていたのだ。

「これって……」

どちらも同じタイトルで、その三巻と四巻である。

翔太はその漫画を一冊手に取り、コンロに向かっている姫菜の背中に問いかける。

「これ、お前が読んでいたのか？」

「すまない、片付けるのを忘れていた。すぐに片付けよう」

振り返った姫菜は、火を止め、コンロから離れようとする。

だがそれは必要ないと、翔太は彼女を制止した。

「いいよ、俺が片付けておくからさ。お前は料理を続けてくれ」

翔太は二冊の漫画を手に取り、元あった場所である、彼の部屋の本棚に片付けることにした。

そして再びリビングに戻ると、テーブルの上に食事が並びはじめていた。

「本当は許可を得てから読むべきかと迷ったのだが、つい勝手に読んでしまった。御主人殿、すまない」

「いや、謝ることはないよ。俺の部屋の漫画は好きに読んで構わないからさ。そこにあるゲームだって好きにやっていい。昼間は暇なんだろ」

からあげやエビマヨなどが載った皿をテーブルの上に並べながら謝罪をする姫菜に、翔太は答える。

「ありがとうなのだ。そう言ってもらえると、ありがたいぞ」

「それより、昼も思ったんだけどさ、お前、俺が好きなメニューをつくってくれてるのか？」

「ああ、そうだ。恵殿にも確認してな。だが、どうしてそんな顔をする？　もしかして、好きなものが変わっていたのか？」

姫菜は不安げな表情を浮かべていた。

だから慌てて翔太は首を左右に振る。

「いや、そんなことはないんだけど……。ただ、かなり量が多いなと思ってさ」

再びテーブルの上に視線を向ける。

からあげは二十個。

エビマヨにしても、二十匹はあるだろう。

加えて昼の残りもあるし、二人では食べきれない。

「御主人殿に満足してほしかったのだが、確かにつくりすぎたかもしれぬな。少し張りきりすぎてしまった。申し訳ない」

「いや、いいよ。ありがとう」

しょげる姫菜の頭を撫でて、翔太は続けた。

「残った分は明日の弁当にすればいいしな。とりあえず食おうか」

「うむっ」

翔太の言葉で気を取り戻したのだろう。

姫菜は満面の笑みで言った。

「たんと召し上がってくれ、御主人殿！」

☆☆☆

姫菜に言われた通り、翔太は本当にたんと召し上がった。

出された料理の七割くらいを、一人で食べたのだ。

「ふぅ、食った食った」

翔太はごろりとソファーに寝転がる。

本当にお腹がいっぱいだ。

「こんだけ毎日食ったらブクブクになっちまうから、明日からは半分くらいにしてくれよ」

「うむ、わかった」

しばらく寝転がって七時のニュースを見ていると、お風呂が沸いたことを伝えるアナウンスが流れ出した。

「お、風呂を溜めてたのか？」

「洗いものをする前にスイッチを入れておいたのだ。もちろん昼間に掃除は済ましていたのでな。と、もしかして御主人殿、もう入るつもりなのか？」

「うーん、どうしようかな……」

翔太はテレビから姫菜に視線を向ける。

今日はすでに二回しているとはいえ、もっと姫菜とエッチがしたい。

いろんなプレイがしたいという気持ちが翔太にはあった。

（それなら、ベッドに入ってからの時間がたくさんあったほうがいいよな……）

ならば、風呂にも早く入った方がいいだろう。

それが翔太の出した結論だ。

「よし、ちょっと早いけど、入るとするか」

「ちょっと待ってくれ！」

ソファーから立ち上がり、風呂場に向けて歩き出そうとすると、背中に声がかかった。翔太が振り返ると、寂しそうな表情を浮かべた姫菜の姿が目に入る。

ためらった様子を見せながらも、彼女は口を開いた。

「……すまない、御主人殿。ものは頼みなのだが、一緒に入るのは、やはりダメなのだろうか？」

そう問われて、翔太は昨夜、姫菜が背中を流したがっていたことを思い出す。

「ええと……」

昨夜はそんなことをされたら、間違いなく自制心がなくなって姫菜を襲うか、勃起していることがバレて蔑まれると思って、翔太は回避したのだ。

しかしもう、すでにエッチをしているのだし、回避する理由はない。

だから覚悟を決めて、翔太は言った。

「姫菜が洗い物を終わるまで待つよ」

☆☆☆

それから十分が過ぎた頃、翔太は浴場の椅子に座っていた。

彼のペニスは膝に掛けられたハンドタオルによって隠されているとはいえ、ムクムクと大きくなりはじめていることは一目瞭然だ。

これもすべて磨りガラスにメイド服を脱いでいる姫菜の姿が映っているせいである。

興奮や、期待はもちろん、様々な感情が彼の下半身を奮い立たせていた。

「御主人殿、入らせてもらうぞ」

声が掛かり、ガラリと扉が開く。

昨夜二回と朝一回。加えて学校でも一回と、すでに昨日から四回エッチしているとはいえ、改まって裸を見られるのは恥ずかしいものだ。

めちゃくちゃドキドキする。

それは姫菜も同じなのだろう。照れた様子でお風呂場に入ってきた。

「どうだ、御主人殿……。これでいいのか？」

頬を染めてつぶやく姫菜に、翔太は思わずグッドと親指を立てたくなった。

その格好は裸とはいえ、頭にはメイドカチューシャをつけたままだったからだ。

翔太の好み通りのものである。

なぜ彼女がそんな格好をしているのかといえば、翔太がそうリクエストしたからに他ならない。

メイドとしてのアイデンティティはお風呂でも必要であると説き伏せたのだ。

「ああ、バッチリだ。かわいいぞ、姫菜」

翔太は姫菜のつま先から頭のてっぺんまで舐めるように凝視する。

メイドカチューシャはもちろん、その肌のきめ細やかさや、ふっくらとした女性らしい体つき。そのラインももちろん美しい。

女性らしい、なだらかな膨らみとなっているお腹の中心にあるおへそも、とてもかわいらしいものだ。

「そ、そうか……御主人殿がそう言ってくれると、やはり嬉しいものだな」

頬をかきながら、姫菜は壁にかけてあったボディウオッシュ用のタオルを手に取った。

「それでは、背中を流させてもらおう」

「ちょっと待った！」

「どうしたのだ、御主人殿？」

いきなり声をあげた翔太に驚き、姫菜は目をぱちくりとさせている。

「背中を流してくれるのは嬉しいけど、どうせなら、身体でやってくれないか？　それが、メイドとしての洗体の方法なんだ」

「ほう、そうなのか？　しかし、わらわにはやり方がわからないので、御主人殿がご教示してくれるだろうか」

「うーん、そうだな……」

翔太は前にネットで見た、ソーププレイのムービーのことを必死になって思い出す。

「ええと、まずは胸にボディーソープを垂らして、それを俺の背中にこすりつけて洗うんだ」

確かそのようなことをしていた覚えがあった。

間違いないはずだ。

「ふむ……。つまり、おっぱいをスポンジのようにして使うということか。わかった、やってみるぞ」

そう言って、ボディーソープのヘッドノズルを二回押し、手のひらの上に大きな泡の固まりをつくりだした姫菜はそれを自らのおっぱいに擦りつけていく。

「よし、準備はできた。それではいくぞ、御主人殿――」

「うおっ……」

背中にぷるんとした二つの膨らみが押し当てられる。

それと同時に、翔太のペニスは硬くなり、びんっと跳ね上がった。

「どうだ、御主人殿？　これでよいか？」

両手で胸を押し上げるようにしながら、姫菜は身体を8の字に動かしている。

「あ、ああ……いいぞ……最高だ」

ハリがあって、柔らかくて、温かい。

そんな二つの膨らみが背中に触れている。

とても気持ちがいい。

「そうか……。ならば、このまま続けさせてもらおう。腕の方も同じように洗わせてもらうぞ」

「お、おう……」

耳元に姫菜の吐息がかかる。

(こ、これはヤバい……)

姫菜の甘い匂いとボディーソープの匂いに包まれながら、背中や腕に感じる、二つの膨らみの感触。

それは、本当に最高なもので……。

「こうして見ると、御主人殿は肩幅も広くて、身体も固い。ずいぶんと男らしい体つきになったものだな」

姫菜は感慨深げに呟いた。

「……そ、そうか?」

「うむ。昔一緒にプールに入った時とは大違いだ」

「プールって、そんなことあったっけ?」

「あったぞ。竜宮城家の別荘でな。お風呂にも一緒に入っただろう」

「あ……」

それは、三歳か四歳のことだ。

かすかだが覚えている。

「よく覚えてたな……。俺は言われて思い出したよ」

「御主人殿のことならば、なんでも覚えているぞ」

姫菜はにこりと笑う。

なんだか、めちゃくちゃ恥ずかしくなってきてしまった。

それでも、興奮は隠すことはできない。

ペニスはもう、タオルの上からわかるくらいにガチガチになっていた。

それに、姫菜も気づいたのだろう。

「御主人殿、ここもちゃんと洗わないといけないな」

「え……」

くすりと淫靡な笑みを浮かべた姫菜は腕からおっぱいを離して、背後から手を伸ばし、タオルの向こうの翔太のペニスを握りしめた。

そして、驚いたように声をあげる。

「おお、すごく熱いな……。さらに大きくなってきてもいる。御主人殿、洗うのに邪魔なので、このタオルを外してもよいだろうか?」

「お、おう……」

翔太が答えるのを聞いて、姫菜は下半身にかけられていたタオルを剝ぎ取った。

続いて、手にボディーソープをつけ、ペニスを握りしめる。

当然、ボディーソープのせいで滑りもよくなっていた。

今や、姫菜の手の間にできた穴の中を、翔太のペニスが出入りしているような状態だ。

「ふふふ、なんだかこうしていると、まるでわらわの手で、御主人殿とセックスをしているようであるな」

淫靡に笑った姫菜は、もう片方の手で、翔太の乳首に触れる。

「……っくッ……!?」

予想していなかったいきなりの刺激だ。

それだけに翔太の口からは、かわいらしい声が漏れてしまう。

「男でも乳首に刺激を与えたら、こうして勃起し、硬くなるものなのだな。はじめて知ったぞ」

耳元でそう呟いた姫菜は、コリコリと乳首への刺激を続けながら、舌で翔太の首筋から耳にかけてを、ペロペロと舐めはじめた。

「少し石けんの味がするな。どうやらボディーソープを舐めてしまったようだ」

しまったと眉を顰めるが、唇や舌の動きを止めることはない。

どこをどうさわればどのような反応をするのか、確かめているようだ。

「次はここ。ここはどうだ、御主人殿？」

足の指と指の間を、姫菜の指が刺激する。

普段触れられない場所だけに、その刺激はかなりのもので、身体に何度も快楽が走る。

それからも、姫菜は唇で軽く肌にキスをしたり、耳の中を舌でなめたりしながらも、ペニスへの刺激をやめることはなかった。

今は股間の下にぶらさがった袋の中にある二つの玉を、手の中で転がすようにして弄んでいる。

その指はやがて竿に戻り、傘と皮の間の部分に滑りこんでいった。

親指と人差し指によって与えられる重点的な刺激の快楽はかなりのもので、翔太の快楽ゲージは一気に高まりを見せていく。

「もうダメだッ、イクっ！」

絶頂の瞬間を、コントロールすることはできなかった。

びくんっと天井に向かって大きく一度跳ねたペニスから、浴場の壁にめがけて、びゅくん、びゅくんと精液が放出される。

「おお、射精とはこんなにも勢いよく……しかも、こんなにたくさん精液が出るものなのだな……」

自分の膣内で、今のようにペニスが跳ね、射精をしている姿を想像したのだろうか。

ペニスを握ったまま感心したように呟いた姫菜は、身体をゾクゾクと震わせながら、ごくりと唾を飲みこんだ。

その姿を見ていると、ぞくりと身体が昂ぶりを見せる。

そして、翔太は言った。

「次は俺の番だな」

「なに？」

「洗ってくれたお礼をしてやるって言ってるんだ」

そう言って、翔太はぽんぽんと膝を叩く。

「ほら、座れよ」

「う、うむ……」

言われた通りに、翔太の膝の上に姫菜は腰をかけた。

鏡には、姫菜の裸体が映っている。

股の間からペニスが生えているようにも見える状態だ。

（いい匂いがするな……）

姫菜の髪の匂いを嗅ぐと、女の子らしい、甘い匂いが漂ってきた。

そのような中、手にボディーソープをつけた翔太は、二つの膨らみを鷲づかみにして弄びはじめる。

「……ぁっ、御主人殿、そこはっ……んぅうッ！」

おっぱいを揉みながら、乳首を刺激すると姫菜が声をあげた。

「どうした？　ちゃんと、身体は綺麗にしなきゃいけないだろ。さっきお前がしたことと同じだ」

「う、確かに……そうだが……んっ、ふぅっ……！」

翔太に与えられる刺激に、姫菜は必死に耐えている。

そのまま翔太は洗うという名目で乳首に刺激を続けたり、おっぱいの感触を楽しんでいたりすると、気付けば、股間に見えるペニスは、天井に向かって、再び高くそびえ勃っていた。

大きさも硬さも、すでに申し分ない。

ここまで元気を取り戻したのなら、すでに挿入することができるはずだ。

姫菜の方も準備ができているのは、指でクレバスを開けばわかった。

鏡に映るピンク色の膣襞が、ペニスを求めてひくついている。

「それじゃ、次はお前の穴の中を洗ってやるぞ」

翔太は姫菜の身体をくるりと反転させる。

すると姫菜はそうするのが当たり前というように、翔太の首に両手を回して、少し腰を上げ、亀頭と、クレバスの位置を合わせはじめた。

「ほら、腰を下ろすんだ」

「……うむ……」

翔太の命令を受けて、姫菜は腰を下ろしていく。

「んっ、ぁ……んぅっ……！」

ボディーソープのせいもあったし、すでに膣内は十分なほどに濡れていただけに、翔太の男の部分は、簡単に埋もれていった。

とても、温かくて、心地いい。

「動くぞ」

早くもっと膣内の感触を楽しみたいと、翔太は腰を上下させ、揺りかごのように姫菜の身体を動かしはじめる。

そして、絡みついてくる膣襞の感触を味わっていると、

「くちゅんっ」

と姫菜がくしゃみをした。

「ちっと寒いか？」

「……うむ」

翔太の問いに姫菜は頷く。

「少し寒いな」

「そうか……」

翔太自身も寒さを感じていたので、手を伸ばし、シャワーのコックをひねることにした。

もちろん青ではなく、赤い方のコックだ。

すると壁に取りつけられた二つのフックのうち、高い方に固定されたシャワーヘッドからお湯が激しく噴き出した。

「これでマシになっただろ？」

姫菜は頷いた。

肌に触れるお湯と湯気のぬくもりで、もう寒くない。

ただ、シャワーを浴びはじめる前と後では大きな差があった。

「……んぅっ、ふぅ……ぁんっ！　ひぁっ、あっ……ふぁんっ！」

子犬のような可愛らしい声をあげながら、姫菜は何かに耐えているように、頭や体を翔太に擦りつけはじめたのだ。

身体はぷるぷると、小刻みに震えてもいる。

（これって、いったいなんなんだ？）

少し考えただけで、その原因はすぐに理解《わか》った。

――シャワーだ。

その刺激が敏感になっている姫菜の肌に触れ、性器同士を擦りつけ合っている刺激と重なり、強い快楽を生み出しているのだろう。

なぜそれがわかったのかと言えば、姫菜ほどではないが、翔太も同じような状態にあるからだ。

お互いの性器とシャワー。

二つの刺激を受け続けている二人は、共に、一気に絶頂まで駆け上がっていく。

「……姫菜……。俺、もう出そうだっ!!」

「わらわも同じだ……。御主人殿。もう我慢できない……わらわはもう、もう、イ、イってしまうッ!!」

ぎゅっと皮膚に指のあとが残るほどにしがみつき、ビクビクと身体を震わせる姫菜を、翔太は同じくらいの強さで抱きしめ返す。

そこで、限界が訪れた。

翔太のペニスの先端から精液があふれ出す。

「ふぁっ、あっ、熱ッ……すごいぞ、御主人殿のが、何度もわらわの中で脈打って……ひぁっ、ああんッ！」

ここは浴場だ。

ベッドの上ではない。

いくら精液がこぼれ落ちてもシャワーで流せばいいだけだ。

だから翔太は容赦なく、熱い固まりを、何度も、何度も、二人の接合部からあふれ出るくらいに注ぎこんでいった。

「ふぁっ……あ……ああ……御主人、殿ぉ……♡」

「おい、大丈夫か？」

射精が終わると同時のこと。

ぐったりと身体を預けてくる姫菜に問いかける。

「うむ、なんとかな……」

そう言いながら姫菜は立ち上がろうとするが、

「きゃっ!?」

と悲鳴をあげて、タイルの上に崩れ落ちてしまった。

「おいおい、全然大丈夫じゃないじゃないか」

「いや、大丈夫だ」

言って、再び立ち上がろうとするが、膝はガクガクしている。

それに気付いて、翔太は言った。

「そこに座れよ。綺麗に洗えたか確認もしたいしさ」

「……確認？」

「そうだ、確認だ」

翔太が視線で示した浴槽の縁に姫菜は腰を下ろした。

これで少しは楽になるだろう。

だが、さっき言った通り、休ませるためだけにそうしたわけではない。

だから続けて、翔太は命令を下す。

「ほら、股を開いてみろ」

「……りょ、了承した……」

言われた通りに姫菜が股を開く。

先ほどまでペニスが挿入っていたせいだろうか、姫菜の陰部は中の襞が見えるくらいにぱっくりと開いていた。

「中に俺のが出ちまってるからな、かき出してやる」

翔太が姫菜のスリットに指を突っこむと、精液がどろりと溢れ、タイルの上にこぼれ落ちていく。

その姿を見た翔太の身体を、征服感が満たしていった。

「すごい、たくさん出てくるな。まだ出てくるんじゃないか？」

「くぁっ、あんっ！」

翔太は指をくの字に曲げて、姫菜の膣壁を擦り上げると、再び口元から嬌声が漏れ、膣内からは翔太が射精した精液がさらにあふれ出てきた。

「きゃふんっ、んぅうっ！　んぅううっ……」

「まだ出てきそうだな」

そう言いながら翔太はセックスするように指を性器に出し入れさせはじめる。

「ひぁっ、んぅっ……や、やめてくれ御主人殿ッ！　ん……うっ、また、わらわはイってて……イってッ……ふぁああぁッ！」

プシャアアアアッと、姫菜のピンク色の泉から愛液が噴き出した。

それで下半身の緊張の糸は完全に解けてしまったのだろう。

続いてチョロチョロと黄色い液体が漏れはじめる。

「お前、それって……」

「見るなッ！　いや、見ないでくれ、御主人殿ッ！」

真っ赤にした顔を両手で隠す。

「うう、どうして止まらないのだ……」

姫菜は半泣きになっていた。

どうやら下半身が緩みすぎて、おしっこを我慢できなくなってしまったようだ。

黄色い液体が止まることはない。

「気にするなって、ここは風呂なんだからさ。流せばいいだけだろ」

姫菜のおしっこが止まると共に、翔太はシャワーを手に取った。

「……と、その前に少し味見をしてみるか」

「何をしているのだ、御主人殿ッ!!」

姫菜は翔太が床のタイルに伸ばそうとした手を慌てて掴んだ。

「いや、だからせっかくだし味見を」

「何を考えているのだ、それはおしっこなのだぞッ！」

「それでもお前の身体から出たものだろ。女の子のおしっこ、どんな味がするのかちょっと気になるじゃないか」

「少しはそうではないかと思っていたが確信した。御主人殿は変態だ……」

呆れたようにジト目で姫菜が睨みつけてくる。

「男なら誰だってそういう興味は持ってるものだって」

「そうなのか？　でも、それでもダメだっ！」

「わかった、それなら今日のところは諦めるよ」

それでもまた、そのうちチャンスはあるだろう。

「今日だけではなく、金輪際諦めてくれ」

「はいはい」

一応頷きながら、翔太はシャワーでおしっこを流していった。

「ほら、お前の身体も流してやる」

翔太はシャワーを姫菜に向けた。

汗や精液などを流すためだ。

その後はもちろん自分の身体に付着していたものも流していく。

「よし、これで大丈夫だ。あとは、二人で湯船に浸かるだけだな」

とは言ったものの、浴槽は二人横に並んで入れるほどの広さではない。

よって、翔太が姫菜の身体を抱えるような形になった。

軽く、柔らかな身体。

目の前にあるのは、色っぽい姫菜の首筋だ。

「んっ……」

ペロリと舐めて、ちゅっと吸い上げるようにキスをする。

すると当然のように、姫菜が唇にキスを求めてきた。

軽いキスを何度も繰り返す二人。

その間、当然のように翔太の手は姫菜の胸に触れていて。

対する姫菜の手は、勃起した翔太のペニスを握りしめていた。

「そろそろ出ようか」

ずっとこうして幸せに浸っていたいが、のぼせてしまうだろう。だから、翔太はそう言った。

「そうだな、そうするか」

姫菜と共に風呂を上がった翔太は、先にパジャマに着替え、自分の部屋のベッドに寝転がる。

もうすぐメイド服を着用した姫菜がやってくるはずだが、翔太はそれを待つことができなかった。

性欲が満たされ、眠気に支配されていたせいだろう。

すぐに翔太は眠りの中へと落ちていった。

第五章　エロメイド服でお尻も征服

姫菜と翔太が共に暮らしはじめてから一カ月が過ぎていた。

朝、起きると同時にエッチをして。

夜にはお風呂でエッチをして。

もちろん寝る前にもエッチをして。

場合によっては、学校から帰った直後にエッチをすることもあるし、休日には、昼に二度ほどエッチすることもある。

そんな幸せな日々が続いている中、最近、翔太は少しだけマンネリ感を感じていた。

何をしても姫菜が驚かなくなっていたのだ。

それどころか、翔太は姫菜に翻弄されるがままになっている。

昨夜だってそうだ。

「御主人殿はこうして乳首を舐められるのが好きみたいだな」

姫菜はそう言いながら乳首を舐めたり、吸ったりしてきた。

それだけじゃない。

「御主人殿、もう一回できるだろう」

と耳元で囁いてきて、自ら三度目をおねだりした。

しかもそれが終わった後には、

「御主人殿、わらわのことを学校でも忘れられないようにこうしてやろう」

と言って、首元にキスマークをつけてきたのだ。

それはそれで悪くないとはいえ、やられっぱなしで悔しいのも確かだった。

それだけに何か姫菜を驚かせる方法、エッチに彩りを与える方法は何かないだろうかと考えながら、翔太が学校から家に向かって歩いている途中のこと。

ふと、アダルトショップの看板が目に入った。

（あそこなら、何かいいアイディアが思いつくかもしれないな）

そう思ったのだが、当然、店は十八歳未満お断りだ。

制服で入れるわけがない。

よって、翔太は一度家に帰って着替えすることにした。

「ちょっと出かけてくる。すぐに戻るから」

料理をしていた姫菜に声をかけて家を出る。
当然、姫菜は頭にはてなマークを浮かべて、
「いったいどこにいくのだ？」
と聞いてきたが、翔太は答えなかった。
答えられるはずがない。
それからダッシュで商店街に向かい、店の前で息を整える。
アダルトショップに入るのははじめてのことだ。
胸のドキドキが収まらない。
それでも勇気を振り絞って店の中に入った。
これまでだって、こうして、前に進んできたのだ。
ここで止まってたまるか。
店内に入ると、喘ぎ声が聞こえてきてぎょっとする。
ＡＶのサンプルムービーだ。
視線がついそちらに向いてしまうが、ＡＶを買いに来たんじゃない。
翔太は店内を見て回る。
（さすがにこれはまだ早いよな）
最初に目についたグッズは縄や拘束器具だった。

脳裏を過ぎるのは、メイド服のままで拘束器具をつけられている姫菜の姿で……。

（やばい、エロい……）

でも、いきなりこれはさすがに引かれるだろう。

結局、翔太が購入したのは、媚薬と、バイブと、今のものよりも露出が多めの新しいメイド服の三つだった。

合計一万円と少々値が張ってしまったが、仕送り直後なこともあってつい奮発してしまったのだ。

（さて、姫菜はどんな反応をするかな）

ニコニコと笑みを浮かべながら翔太は帰路についた。

☆☆☆

夕食の後、翔太は冷蔵庫の中に入っていたオレンジジュースを取り出した。

アダルトグッズショップから出たあと、コンビニで買ったものである。

媚薬を購入したあとスマホで調べると、オレンジジュースに混ぜると、味があまり変わらないと書いてあったからだ。

姫菜はキッチンで夕食の後片付けをしている。

翔太は食器棚の扉を開き、そっとグラスを二つ取り出して、そのうちの一つに媚薬を混ぜていく。

そして、姫菜に声を掛けた。

「なあ、姫菜」

「どうしたのだ、御主人殿？」

「疲れただろ、お前も飲めよ」

手にはグラスが二つ。

そのうち媚薬の入っているものを姫菜に差し出した。

「おお、すまない。ありがとう」

そう言って、姫菜は翔太が差し出したグラスを手に取った。

「まさか御主人殿がこのように気を利かせてくれるとはな。本当に嬉しいぞ」

照れたようにしながらも、嬉しそうにグラスに口をつける。

（うーん、こんな姿を見ると、なんだか悪い気がしてくるな……）

でも、もう止められない。

こうなったら仕方がないと、ゴクゴクと媚薬入りのジュースを飲み干していく姫菜を眺めながら、翔太は覚悟を決めて、次なる作戦に出ることにした。

「そうそう、今日は姫菜にプレゼントがあるんだ」

「プレゼントだと!!」

とても嬉しそうだ。

「ええと、ちょっとそこで待っていてくれ」

そう言って部屋に戻った翔太は、買ってきた新しいメイド服を持ってきて、姫菜に差し出した。

それを手にとって見て、姫菜は目を丸くする。

「これは、メイド服なのか?」

「そろそろ寒くなってきたし、暖房をつけると、そのメイド服だと暑すぎると思って
さ。ちょっと薄めのやつを買ってきたんだ。いつもお世話になってるから、たまには
と思ってな」

「ありがとう、御主人殿!」

姫菜は飛びかかるようにして抱きついてきた。

「御主人殿の気遣い、感謝するぞ! さっそく着てみてもいいか?」

「ああ、それを着た姿を俺も見てみたい。風呂に入ってくるから、その間にお前はそ
れに着替えていてくれ」

「うむ、わかったぞ」

☆☆☆

媚薬の効果が出るまでは十五分ほどかかると箱に書いてあったので、翔太はちょうどそれくらいで風呂から出ることにした。

Tシャツとトランクスに着替えてリビングに移動する。

そこには翔太の渡したピンク色をした、露出の多いメイド服に着替えて、ソファーに座っている姫菜がいた。

横顔を見ると、どことなくぼーっとしているし、頬も火照っているようだ。

見るからに赤く染まっている。

(媚薬が効いているのか?)

それを確かめようと、翔太は試してみることに決めた。

姫菜に悟られないように、そっと距離を詰めていく。

「お先」

「きゃっ!」

ぽんと肩を叩くと、姫菜は可愛らしい声をあげて身体を震わせ、過剰な反応を見せる。

この様子だと、媚薬はかなり効いているみたいだ。

「どうかしたのか？　ぼーっとしていたみたいだけど」

「な、なんともないぞ、わらわは大丈夫だ」

強がるようにそう言って、姫菜は唇を尖らせる。

「それより、御主人殿、この格好は、さすがに露出が多すぎないだろうか？」

「そうか？　ちょっと立ってみてくれよ。ちゃんとそのメイド服を着た姫菜を見てみたいんだ」

「わ、わかった……」

答えて、姫菜は立ち上がろうとするが、足下が定まらない。

千鳥足《ちどりあし》のような状態でふらふらとしながら、そのまま床に尻餅をついてしまう。

「あれ、なぜなのだ。なぜ立てな……きゃっ!?」

再び立ち上がろうとした姫菜だったが、また尻餅をついてしまう。

どうやらかなり媚薬が効いているらしい。

口元からはははぁはぁと、熱い吐息を漏らしてもいる。

目元には涙が浮かんでもいた。

「おい、大丈夫か。ほら、立てよ」

「……ッ！」

翔太が腕を掴むと、姫菜はびくんと、激しく身体を震わせたが、それでもなんとか、引き上げられるように立ち上がる。

「お、いいじゃないか。かわいいと思うぞ」

「そ、そうだろうか？」

「それくらいの方が一緒に寝るにはちょうどいいって。俺も興奮するしさ」

そう言いながら翔太はミニスカートからはみ出しているも同然の姫菜のお尻を手で撫でた。

「ひぁッ!?」

飛び上がるほどの過剰な反応を見せて、姫菜はまた崩れ落ちる。

「もしかしてお前、日頃の無理が祟ってるんじゃないか？」

「日頃の無理、だと……？」

手を伸ばす翔太を見上げて、姫菜はぽかんとした表情を浮かべる。

「家事って、結構なカロリーを使う重労働なんだぜ」

「だが、わらわはメイドだ。それくらいは……」

「いや、無理するなって。こっちに来てベッドに寝転がってみろよ。マッサージしてやるからさ」

翔太は再び姫菜の身体を起こし、自分の部屋に向かって歩き出す。

「いや、御主人殿、それは……」

「遠慮するなって、ほら」

「……っ！」

手を握るだけで過剰な反応を見せる姫菜を引っ張って、翔太は自分の部屋のベッドに俯せに寝転ばせた。

肩と背中の一部が丸出しになっている、ピンク色をした、ミニスカートのメイド服。ニーソックスとふとももの、白と黒のコントラストもいい感じで見栄えがいい。

「それじゃ、はじめるとするか」

翔太は姫菜の上に乗り上げ、腰に手を当てた。

すると、姫菜はぴくぴくと身体を震わせながら、甘い声をあげはじめる。

「ひぁっ、あっ、ああぁうっ……！　御主人殿、これは……ひぁっ、ぁうっ！」

「お、かなり気持ちよさそうじゃないか」

「気持ちいいというより、くすぐったいというか……なんというか……」

「それって、マッサージが効いているってことじゃないのか？」

「そ、そうでは……んあっ、はぁっ、んくぅううッ！」

背筋が弓なりに反ったかと思えば、身体から一気に力が抜けていく。

ぴくぴくと全身が震えてもいた。

「もしかして、イったのか？」

「うう……」

　恥ずかしそうに枕に顔を当てて、姫菜は続ける。

「さっきから何かがおかしいのだ……。御主人殿に触れられると、身体に電気が走ったようになってしまう」

　さて、どうしたものだろう。

（正直に喋るべきだろうか。それとも、もう少し媚薬のことは黙ったまま楽しんでみるかな）

　姫菜には悪い気もするが、いつもと違う様子にドキドキするし、このまま少しからかってみたくもなっていた。

　さっきから嗜虐心が刺激されてたまらないし、後でちゃんと説明はするが、今は楽しませてもらおう。

「つまり、俺の指で感じてるってことか？」

　そう言いながら翔太は姫菜の身体を抱きしめ、そのまま左手を口の中に入れ、右手を下半身へと伸ばしていった。

「もうこんなに濡れているじゃないか」

「んぅっ！」

　翔太がショーツの上から陰部をこすり上げると、姫菜は可愛らしい声で啼いた。

「御主人殿、これ以上じらさないでくれ……」

「じらさないって、どういう意味だ？」

「それは……」

「欲しいのか？」

翔太が問うと、姫菜は恥ずかしそうに、こくりと頷いた。

ニヤリと笑って、トランクスの合わせ目からペニスを取り出す翔太。

「だったら、舐めてくれ」

「……わかった」

と姫菜は素直に頷き、ベッドの上に腰を下ろして座っている翔太の股の間で反り返るほどに勃起しているペニスに舌を這わせはじめた。

「んちゅ、ちゅぱっ……。ちゅっ、ちゅぱっ……」

いつもよりも、ねっとりと、積極的に、ペニスに奉仕を続けている姫菜を、翔太はじっと見下ろしていた。

舌の動き。

漏れる吐息。

すべてがいやらしくてたまらない。

その姿を眺めていると、ふとあることに気がついた。

「姫菜、もういいぞ」

「御主人殿……」

ペニスへの奉仕をやめた姫菜は、指や唇についた唾液や先走り汁を拭いながら、翔太の目をじっと見つめていた。

挿れて欲しくてたまらないのだろう。

しかし、まだだ。

まだ、やってみたいことがある。

「そこに寝転がってくれ」

翔太がそう言うと、姫菜はころりとベッドに寝転がり、股を開いた。

その上に覆いかぶさるようにして翔太は、姫菜のメイド服の肩紐に手をかけ、おっぱいを露出させる。

そして、そのまま馬乗りするように、姫菜の胸元に腰を下ろしていった。

「御主人殿、いったいなにを?」

やはり挿入されると思っていたのだろう。

想像をしていなかった行為に、姫菜は目を丸くする。

「一度これ、やってみたかったんだよな」

そう言いながら、翔太は姫菜のおっぱいの間にペニスを挟み、腰を動かしはじめた。

いわゆるパイズリというやつだ。

「ほら、姫菜。手を使ってもっとおっぱいで強く挟んで、先っぽを舐めるんだ。これをやってくれたら挿れてやるからさ」

「……わかった」

姫菜は自らの両手でおっぱいを押さえ、翔太のペニスを挟みながら、亀頭にチロチロと舌を這わせはじめた。

翔太はそれに合わせるように、ゆっくりと腰を動かしはじめる。

「んっ……れろちゅ……れろれろ……んむっ、んちゃ……んぉっ……んぐっ……」

次第にその動きは加速し、口の中に亀頭が埋まっていくようになっていた。

まるで浅い挿入を繰り返しているような状態だ。

加えて、舌での刺激がある。

フェラチオはこれまでに何度もしてもらっているが、パイズリという行為ははじめてなので、当然のごとく興奮して、快楽も増大していた。

すぐに熱いものが一気に奥からせり上がってきて、我慢できる状態ではなくなってしまう。

「……っ、イくっ!!」

翔太が息を詰まらせると同時に、ペニスはびくんびくんと跳ね、姫菜の口から飛び出した。

その先端からびゅくびゅくと放たれた精液は、姫菜の顔に降りかかっていく。

「うう、ベタベタだ……」

「悪い、思ってた以上に気持ちがよくてさ」

そう言いながら、翔太は姫菜の顔に付着した精液を、枕元のティッシュペーパーで拭っていった。

「さて、次は何をしようかな」

「御主人殿、もうダメだ……」

姫菜は起き上がり翔太の目を見て懇願する。

「それって、つまり挿れて欲しいってことか？」

「……うむ」

「じゃあ、お望み通り挿れてやるよ」

再び姫菜をベッドの上に仰向けに寝転がせて股を開かせる。

俗に言うまんぐり返しの状態だ。

そこで翔太はあらかじめ近くの棚の引き出しに隠してあったバイブを取り出した。

すでに動作も確認済みだ。

バイブの電源をＯＮ《オン》にする。

「御主人殿、この音は……ひぁっ！」

バイブを陰部に挿入すると同時に、姫菜は甘い声をあげた。

「どうだ、気持ちいいか？」

「な、なんなのだ、これは……？」

「今日学校帰りにバイブを買ってきたんだ」

「バイブ……だと？」

「俺のベッドの下にあった漫画の中にも使ってるものがあっただろ。チ×コの形をしたものだよ。どうだ、気持ちいいか？」

ニヤニヤと笑みを浮かべたまま、翔太は姫菜のオマ×コに突き刺さったバイブをいじり出す。

「くぁっ、はぁんっ！　ううんっ……ひぁああッ！」

「なんだ、すごく感じてるじゃないか」

ぐりぐりとバイブを動かすと、姫菜の陰部からプシャプシャと愛液があふれ出てくる。

「どうだ、気持ちいいか？」

翔太は手の動きを止めることなく問いかけた。

「ふぁっ、ああッ！　やめてくれ、御主人殿っ……！　わらわはこんなものでイキたくない……イキたくないのだッ……！　んぐっ、アッ、んぅうッ！」

「何を言っているんだ。これの本領は、まだここからだぜ？」

バイブの根元には、もう一つ突起がついている。

クリトリスを刺激するためのものだ。

翔太はその突起をクリトリスに当てた。

「ひぁっ、んぁあああーーッ！」

バイブの振動がクリスリスを刺激する。

その上、翔太がバイブをさらに奥に押し入れるものだから、クリトリスも押さえつけられ、さらなる刺激が姫菜を襲う。

「やっ、こんなの……こんなのらめだっ！　らめなのらっ！　壊れて……ぁああ、わらわが壊れてしまうッ！」

「なに、まだまだこの先があるんだぞ？」

バイブには『ON《オン》／OFF《オフ》』の他にもう一つスイッチがある。

振動の強さを調整するものだ。

翔太はそのスイッチを最大まで上げていった。

それでさらに姫菜のクリトリスに刺激を与えると、

「……ッ……くぅううンッ！」

姫菜の身体が、波打ち際に打ち上げられた魚のように、ビクンビクンと、二度、跳ねた。

「や、やめてくれ、御主人殿ッ……！　本当にこれは、これは……ひぁっ！　らめっ、らめなのらっ！　ああっ、ひぁっ、んああああああーーーッ!!」

かつてないほどの絶叫と共に、ぷしゃあああああっ……と姫菜の陰部から、噴水のように潮が噴き出した。

その勢いで、ぱっくりと開いた陰部から、バイブが飛び出すほどのものだ。

「どうやら、思いっきりイったみたいだな」

「ふぁっ……あっ……んうう……」

ベッドの上で、ピクピクと、小刻みに痙攣している姫菜に翔太は声を掛ける。

「どうだ、バイブ、気持ちよかっただろ？」

「うう、御主人殿は意地悪だ……。わらわが欲しいのは、御主人殿のモノなのに……」

「そうか、そんなに俺のモノが欲しいのか？」

ニヤリと笑いながら立ち上がり、姫菜の身体に触れた。

「そこまで求められたら仕方ないな」

そう言って、姫菜の身体を反転させ俯せにし、お尻を上げさせる。

「それじゃ、お前の欲しいモノをやるぞ」

「ふえ？　御主人殿、そこは……」

ぺろりと舐めた人差し指で翔太が触れたのは、普段ペニスが挿入されるスリットよりも上にある穴だ。

そこに、そのまま指を挿入していく。

「あっ……くぅんッ……！」

異物をまだ挿入されたことがないだろう穴は、ちゅぷりと沈みこんでいった指先を、キュッキュッと締めつけてくる。

「御主人殿ッ、そこは違ッ……ぅうんッ！」

「これだけじゃないぞ。次はこっちだ」

続けて、翔太はオマ×コにバイブを突き刺す。

そして、スイッチをオンにした。

当然のごとく、腰も動かし、翔太はアナルを犯しはじめる。

「……ぁ、お腹の裏側ッ……前と後ろッ、両方から擦られて……ひぁっ、あッ……らめっ、これ、おかしくなっちゃ……ひぁっ、あああんッ！」

ぎゅっとシーツを摑み、姫菜は叫ぶ。

イキそうなのを、必死に耐えているのだろう。

歯をぎゅっと食いしばった口元からは、すでに唾液がだらだらとこぼれ落ちはじめている。

「はは、バイブとお尻でこんなに感じるなんて、姫菜はずいぶんと変態なんだな」

「そんなっ、変態だなんて……!!」

「でも、こんなに感じてるだろ?」

「ふぁっ！　あっ、そんなことっ、ううっ！」

アナルに抽送を繰り返しながら、バイブを握って動かすと、姫菜は激しく喘ぎ声をあげた。

愛液がぐちゅぐちゅといやらしい音を立てて飛び散り、シーツの上にシミをつくっていく。

「ほら、こんなにエッチになってるじゃないか」

「それは、その……ふぁぁんッ!!」

姫菜の身体がベッドの上に倒れこみそうになる。

だが、股間にはバイブが刺さっているのだ。

ベッドにそれが触れた瞬間、子宮口が刺激されたのだろう。

「……っくッ！」

姫菜は身体を激しく震わせて必死に腰を上げた。

「ほら、今みたいにそのまま前に倒れたら、バイブの先が奥に触れるし、クリトリスも刺激されて、大変なことになるぞ。がんばってお尻を上げ続けるんだ、ほら！」

そう言って翔太はぱぁんっとお尻を叩く。

「ひあんッ!!」

姫菜の全身が激しく震え、アナルが強く締めつけられる。

「ふぁんっ!!　あんッ!!　ひあんッ!!」

連続してそれを続けていくうちに翔太の限界も近づいていた。

(とりあえず、一回出しておくか)

そう決めて、翔太は腰を激しく動かしはじめる。

ずいぶんと最初のころより抽送は楽になったが、尻穴の入り口はとてもキツい。

はじめての経験だけに快楽も大きいものだ。

「アナルのはじめての記念に、たくさん出してやるからなっ！」

「やっ、そんな……!?　ぁっ、やぁっ……ひぁあああーーーっ！」

翔太はどくどくと、姫菜のお尻の中に、精液を放っていく。

オマ×コからは再び激しく潮が噴き出し、バイブが勢いよく飛び出した。

「ふぁっ、あああ……あああぁ……」

射精が終わると同時のこと。

姫菜はぐったりと布団に倒れこみ、はぁはぁと吐息を漏らしていた。

「どうだ、満足したか？」

翔太はベッドの上に座ったまま、見下ろすように姫菜に問う。

「……まだだ、御主人殿……」

身体はくたくたのようだ。

しかし姫菜は身体を起こし、くいっと、翔太のシャツを引っ張った。

その行動は、翔太が求めていたものでもある。

それだけに、にんまりと笑みを浮かべながら問い返した。

「なんだ、まだ欲しいのか？」

「それは、その……」

姫菜は俯き、上目で翔太を見る。

わかってくれ、と言いたげだ。

だが、翔太は口元を三日月のようにしたまま問いかける。

「なんだ、ちゃんと口に出さないとわからないぞ？」

「もっとしたい……のだ」

「したいって、なにを？」

「それは、その……」

「なんだよ」

「……セックスだ。御主人殿とセックスを、もっともっとしたいのだ」

「セックス？　そうじゃないだろ」

「……なに？」

「どこに何を入れて、何をして欲しいのか。ちゃんと示せって言ってるんだ。こういう時どうすればいいのか、前に読んでいたエッチな漫画で知ってるだろ？」

「あ、う……」

恥ずかしそうに俯きながらも、姫菜はベッドに仰向けに寝転がった。

そして、上半身だけを起こして——。

「こ、これからわたくしのオマ×コに……御主人さまの、オ、オチン×ンを入れて、たくさんズボズボしてくれ……」

くぱぁ……っと、陰部の周囲の肉を指先でつまんで開きながら、姫菜は言った。

「御主人殿、これでいいのか？」

そう言う顔は真っ赤なものだ。

「ああ……」

これでもう満足だ。

翔太自身、こんなにかわいい姫菜のオマ×コに、早く挿入したくてたまらなくなっていた。

「それならお前の言う通りにしてやるよ」

そう言って、姫菜の上半身をベッドの上に押し倒し、熱で溶けたチーズのようにドロドロになっている膣内にペニスを挿入する。

「ふぁっ、きたぁああぁッ!!」

待望のペニスを受け入れた姫菜は歓喜の声をあげ、両腕を翔太の背中に回して、優しく抱きしめる。

「どうだ？　お待ちかねのチ×ポだぞ？　これで満足か？」

翔太が問うと、姫菜はふるふると首を左右に振った。

「いや、まだだ。動いてくれ。そして、もっともっと、御主人殿のオチ×ポで、わらわを気持ちよくさせてくれッ！」

「ああ、わかったよ」

素直な要求を受けた翔太は、満足げな笑みを浮かべながら、腰を動かしはじめる。

それに合わせるように、姫菜も最初から腰を動かしている。

「ああっ、いいっ……！　気持ちいいぞ！　御主人殿の寵愛を受けて、姫菜は幸せだッ！」

「そうか、なら、もっと気持ちよくしてやる」

翔太は一気に腰を振るリズムを上げていく。

姫菜は表情を緩ませ、大きく口を開けて、激しく喘ぎを漏らしている。

「……ぁっ、だめっ、だめっ……！　んくッ　んひィっ！　はぁっ、はぁっ、だめっ、だめだッ……！　んはッ！　イクっ、んぅうっ……くぅうんッ！」

ベッドのバネを利用するようにして、激しいピストンを繰り返しているうちに、下半身に迫り上がってくるものがあった。

限界だ。

「イクぞっ、姫菜。待望の精液をオマ×コにくれてやる！」

ぐいぐいと奥深くまでペニスを挿入するように、腰を何度か押し当て、翔太は達し、熱い固まりを放出していく。

「ぁっ、キたッ……！　御主人殿のものが、わらわの膣内に流れこんで……ふぁっ、あぁあぁッ！」

ドクドク発射される精液を受けて、稲妻に打たれたように身体を震わせる姫菜。

翔太も腰を震わせて、溜まっていた精液をすべて流しこんでいった。

「ふぅ……」

翔太は身体を起こし、ペニスを引き抜いた。

姫菜の陰部から精液がドロリと流れ落ちる。

「どうだった?」

「すごかったぞ、こんなに感じたのははじめてだ……」

そう言いながら、姫菜は身体を起こす。

「そっか、やっぱ媚薬ってすごいんだな」

「……媚薬、だと?」

「あ……」

怪訝に眉を顰める姫菜を見てしまったと思うが、思わず口にしてしまったのだから、もうどうしようもない。

「媚薬とはなんだ、教えてくれ御主人殿」

「ええと……」

仕方ないと、翔太は説明をはじめた。

「いわゆるエッチな気分になる薬でさ。最近お前、エッチに慣れてきて、俺がやられっぱなしだっただろ。それにちょっとマンネリだったし、彩りを与えようと思って買ってきてさ、ジュースの中に入れて飲ませたんだ。バイブも、メイド服も、その一環でさ……」

「なっ、なんだと……?　つまり、薬ということか」

「ああ……」

翔太が頷くと、愕然とした表情を浮かべて、姫菜は言った。

「確かに、御主人殿の言う通りだ。わらわは最近、その、エッチを自分勝手に楽しんでいたこともある。でも、だからといって、こっそり薬を盛るなど、御主人殿は酷すぎる。メイド服も、せっかく、プレゼントがもらえたと思って、喜んだわらわはなんなのだッ!!」

つん、と、ベッドの上を転がるように身体を反転させ、姫菜は翔太に背中を向けてしまう。どうやら、怒ってしまったらしい。

「なあ、姫菜。機嫌を直してくれよ。お前だって、気持ちよさそうだったし、ああいうのもたまにはいいだろ」

そう言いながら、翔太は姫菜の身体を背後から抱きしめる。

「とりあえず、今日のことは謝るからさ。それでゆるしてくれるか？」

「ゆるさぬ」

そう言って、姫菜は唇を尖らせる。

「じゃあ、どうしたら許してくれるんだ？」

数秒――。

間を置いて、姫菜は答えた。

「……優しくしてくれ」

「え？」

「優しく、キスをしてくれ。そして、次は優しくエッチしてくれ」

まだ媚薬が切れていないのだろう。

姫菜は恥ずかしがりながら、もじもじと下半身を動かしていた。

ペニスが欲しくて仕方がない。

そういう動作だ。

「わかった」

翔太は姫菜の頭を撫でて、優しくキスをする。

そして、宣言通り、しばらくしてから翔太は、姫菜の言う通り、優しいエッチをしたのだった。

第六章　誕生日……着物姿で告白

土曜日。今日は学校が休みだ。

それだけに昼までぐっすり眠ろうと思っていた翔太を眠りの世界から現実へと引き戻したのは、目覚ましのアラームでも、姫菜の声でもなかった。

ましてや、下半身に感じる生温かい刺激でもない。

トゥルルルル……トゥルルルル……と鳴り響く、スマホ電話の着信メロディだ。

「なんなんだよ、まったく……」

翔太は吐き捨てながらスマホを手に取った。

そこに表示されていたのは姉の名前だ。

しかもまだ朝の七時。

予定よりも二時間も早い目覚めである。

「いったいなんだっていうんだよ、ねーちゃん」

当然、翔太は不機嫌な声で電話に出た。

『どうやらその感じだと寝ていたみたいね』

「それはもう、思いっきりな。今起きたところだ」

『あはは、ごめんごめん』

「で、用件は？　ないなら切るぞ」

『あるある、あるから電話しているのよ。その前に一つ質問。今、近くに姫菜ちゃんはいる？』

「いや、いないけど……」

翔太はベッドの上を確認する。

明日は休日ということもあり、昨夜は普段よりもたくさんエッチをした。

その結果といえば、互いに力尽き、倒れるようにこの布団で一緒に眠ったはずだ。

しかし、今は姫菜の姿を見ることができない。彼女の残り香を感じることができるだけだ。

『それなら、オッケー。問題なしね。いや、むしろ問題あるか。いい年した男女が、一カ月くらい一緒にいて、同じ布団で寝ていないなんて、おかしくない？　普通なら――』

「ええと、もしかしてねーちゃんは、俺と姫菜が一緒に眠っているのかどうか確かめるために電話をしたのか？」

『ううん、違うわよ。もし一緒に寝てたのなら、アンタが男になったことを素直に喜ぶところだけどね。童貞喪失おめでとうって。で、どうなの？　もうした？　さすがに奥手のアンタでも、やることはやったでしょ？』

「切るぞ」

『ああっ、ごめんごめん！　ほんとアンタはシャイなんだから！』

「だから、用件はなんなんだよ！」

『ええとね、もうすぐ、姫菜ちゃんの誕生日じゃない』

「……誕生日？　姫菜の？」

『何よ、その反応。もしかして、姫菜ちゃんの誕生日のこと忘れてたってわけ？』

「忘れてたっていうか……知らなかったっていうか……」

『は？　知らないことはないでしょ？　昔、一緒に誕生会にお呼ばれしたことあるじゃない』

「あ……」

言われて翔太は思い出した。

確かに昔、姉と一緒に姫菜の誕生日会に出たことがある。

もちろん場所は竜宮城で、美味しい料理とケーキをたらふく食べた記憶があるが、時期や季節までは、覚えていなかった。

言われてみれば、確かにこの時期だったような気もする。

『でね、わたしからもプレゼントを贈ろうと思うんだけど、何か姫菜ちゃん欲しそうなものないかなって思ってさ』

「いきなりそんなことを言われてもな……」

姫菜の欲しいもの。

それは、いったいなんだろう？

『一緒に住んでるんだから、何か思いつかない？　日々の生活の中で、欲しそうにしているものとか』

「うーん……」

すぐには何も思いつかない。

『もう、使えないわね。だったら、こっそり探りを入れておいて。いつも面倒見てもらってるんだから、アンタもちゃんとプレゼントしなさいよ。誕生日は十一月二十二日。オッケー？』

「オッケー、わかったよ」

『ちゃんとしたものをプレゼントしなさいよ。わたしのダーリンみたいに、自分が昔もらったものだから、とか、そういう理由で、ヘンなものをプレゼントしようとしたらダメなんだからね。あと、相手に聞くのもダメよ』

「参考にそのダーリンってのは、何をねーちゃんにプレゼントしようとしたんだ?」

『ああ、セスナか馬にしようと思ってるんだけど。海が好きならクルーザーでもいいって言われてね。バカじゃないのって。そんなのもらっても、嬉しくないでしょ』

「いや、俺は嬉しいけど」

『わたしは嬉しくないわよ。それより欲しいものがある。考えろってキッパリ言ったのよ。その結果が、彼が日本にやってきての婚約ってわけ』

「……日本にやってきてって、つまりは外人なのか?」

『あ、しまった。ちょっと喋りすぎたわね。まあ、ともかく、姫菜ちゃんへの調査、うまくやりなさい。よろしくね』

ツーツー……。

電話が切れる。

(うーん、また相手のことは誤魔化されてしまった)

本当に一体何者なんだ。

セスナとか馬とかクルーザーとか、やっぱりセレブなのか?

翔太はベッドから下りて部屋を出た。

廊下を歩き、リビングの扉を開く。

姫菜はかけていた掃除機を止めて、翔太に視線を向けて言った。

「御主人殿、ずいぶんと早いな。今日は昼前まで寝ているものだと思っていたぞ」

掃除機のせいだろうか。

電話の着信音や、話の内容は聞こえていなかったようだ。

それだけに翔太はホッとする。

「実は目覚ましを二時間早くかけてたみたいでさ。もう一度寝ようかと思ったんだけど、寝つけなかったから、起きようと思ってさ」

「ならば、御主人殿、朝ご飯はどうするのだ？　わらわはもう食べたのだが、御主人殿のぶんは用意していなかった。腹が減っているようならすぐに食べられるものつくるが……」

「なら、それでお願いするよ」

「了承した。椅子に座って待っているといい」

そう言って台所に立った姫菜の宣言通り、すぐに朝食はつくられた。

翔太がテーブルの前に座って五分もしないうちに、ごはんがよそわれたお茶碗と、コンソメスープ、焼きベーコンにスクランブルエッグ、ドレッシングのかかったサラダが出てくる。

「どうぞ、召し上がれ」

「おう」

もちろん今日は焦って食べる必要などない。

ゆっくりと食事をすることができた。

「ごちそうさま」

「おそまつさまだ」

食事を終えた翔太が椅子から立ち上がると、姫菜は机の上を片付けはじめる。

その時、テレビのニュースがはじまった。

ヘッドラインニュースの一覧が表示されると同時に、翔太は目を疑ってしまう。

『竜宮城グループ破綻。今、総帥は？』

という文字が見えたからだ。

気になるが、姫菜には見せない方がいいニュースかもしれない。後ろ髪を引かれる想いながらも、翔太はテレビを消した。

「ん、どうしたのだ、御主人殿。いきなりテレビを消したりして」

「いや、なんでもないよ。そろそろ、部屋に戻ろうと思って」

そう言って翔太は席を立った。

さて、これからどうしよう。

そう考えたところで、思いついたことを口にする。

「いきなりこんなことを言うのもなんだけどさ、今日は買い物でもいくか？」

「買い物！　本当か！」

机の上の皿を重ねていた姫菜は、嬉しそうに目を輝かせた。

「せっかく早起きしたんだし、休日なんだしさ。それもいいかなって思ったんだけど、どうだ？」

「もちろん行く、行くぞ！　それならば、早く洗い物と洗濯を終わらせないとな。昼食はどうする？　準備をしていくか？　それとも――」

「今日は外で食べよう。たまに休むのもいいだろ」

「そうか！　外か！　外食か！」

それからの姫菜といえば、とても上機嫌だった。

「御主人殿とデート、御主人殿とデート♪」

と、口ずさみながら、洗い物を続けている。

二人で一緒に買い物に出かけるのは、はじめてのことだ。それだけに嬉しくてたまらないらしい。

その後ろを何度も往復しながら、翔太は洗面台で顔を洗い、部屋で着替えをし、身支度を整える。

そしてリビングに戻ると、姫菜はソファーに座っていた。

どうやら洗い物は終わったようだ。

姫菜は翔太の姿を見るなり、勢いよくソファーから立ち上がって、

「それでは出かけるか！」

と宣言をした。

しかし翔太は、

「ええと……」

と、戸惑いながら、その理由を口にする。

「お前、その格好で外に出るつもりなのか？」

「当たり前だろう、わらわは御主人殿のメイドなのだからな」

当然のように胸を張って答える姫菜。

それで翔太は、前に学校に弁当を持って来た時はもちろん、日々の買い物も、姫菜がメイド服で行っていることを思い出した。

「それに御主人殿もよく言っているだろう。このメイド服こそが、わらわのアイデンティティだとな！」

確かによくそう言っている。

お風呂でもカチューシャは外させなかったくらいだ。

（まあ、姫菜がいいなら、それでいいか……）

さすがに前に買ったばかりの肩まで露出しているミニスカートのものではないし、問題はない。

「それじゃ、行くか」

「うむっ！」

☆☆☆

家を出て、翔太と姫菜の二人は商店街に向かって歩いていた。

メイド服の少女と青年が肩を並べて歩いているのだ。

当然のことながら注目を浴びている。

（これはちょっと恥ずかしいな……）

商店街が近づくたびに、周囲の視線も増えてくる。

「あのメイド服の女の子、かわいいよな」

「あの男は彼氏なのか？　羨ましいな」

などという声も耳に届くようになってきていた。

恥ずかしさにも慣れてきていたこともあり、そのたびに翔太は優越感をくすぐられてしまう。

　鼻が高くなるくらいだ。

　そんな中、二人は商店街に到着した。

「お前、何か欲しいものはあるか？」

「欲しいものか？」

「せっかく買い物に来たんだしさ。何かないのか？」

　その疑問は、もちろんこれからの買い物のためもあるが、誕生日プレゼントのための探りでもある。

「うーん、そうだな」

　数秒――。

　考えて、姫菜は答えた。

「『きらめき☆レボリューション』の続きはまだ出ていないのか？　とてもいいところで終わっていてな。続きが気になるのだ」

『きらめき☆レボリューション』とは、男女問わず、今人気の漫画である。

　翔太の部屋にあるものを姫菜が拝借し、読んでいるのは知っていた。

「お前、何巻まで読んだんだ？」

「十二巻だな」

「それなら、まだ続きは出てないよ」

「うう、そうなのか……」

悲しそうに肩を落とす。

「他に、何か欲しいものはないのか?」

続いて姫菜の口から出てきたのも二冊の漫画のタイトルだった。

それらの続きも『きらめき☆レボリューション』と同じくまだ出ていない。

(うーん、どうしたものかな……)

今の漫画のタイトルを姉に伝えてもどうしようもないだろう。

誕生日までにそれが出たとしても、それがプレゼントにはならないことは、翔太にもわかる。姉もそのような答えを求めていないだろう。

「そうだな、それも出ていないなら――」

「ストップ!」

続けて漫画のタイトルを口にしようとしていた姫菜にそう言って、翔太は続けた。

「そんなに漫画が欲しいなら、とりあえず本屋さんに行こうか」

☆☆☆

「おお、こうして本屋に来るのは本当に久しぶりだ！　本屋というだけあって、本当にたくさん本があるな！」

本屋に入るなり、両手を広げて大声をあげる。

姫菜は、かなりテンションが高かった。

一日中家にいるのだから、娯楽がテレビや漫画、ゲームになるのは仕方がないだろう。これは今やっているアニメの原作だとか、この漫画はあれの作者と同じだとか、ずいぶんと詳しくなっている。

お嬢様育ちであまり漫画をこれまで読んできたことがないようで、姫菜にはなんでも新鮮に、面白く映るようでもあった。

「ここには雑誌も置いてあるな」

姫菜の視線の先を翔太も見る。

その瞬間、あるものが目に入った。

女性向け週刊誌の表紙だ。

その見出しを見て、翔太ははっとなる。

『竜宮城グループ破綻の謎』

と、大きな文字で書かれていたからだ。

今朝のテレビニュースの元はこの雑誌なのかもしれない。

「ちょっと待て、姫菜」

雑誌コーナーに足を向けた姫菜の肩に翔太は手をかけた。

「どうしたのだ、御主人殿？」

姫菜は足を止めて首だけで振り返る。

「雑誌を買っても途中からしか読めないだろ。だから、雑誌はやめにして、漫画の単行本を買おうぜ」

「あ、うむ。わかった。御主人殿がそう言うのであれば、そうするぞ」

翔太はほっとしながら、姫菜を単行本コーナーに誘っていく。

（どうやら、気付かれなかったみたいだな……）

あれを見たら、姫菜は気にして、手に取ろうとしてしまうだろう。

ゴシップ雑誌だ。

何が書かれているかわからないので、姫菜には見せたくはなかった。

でも、翔太自身、内容が気になるのは確かだ。

「おお、たくさん漫画が置いてあるな！」

「好きなだけ選んでくれ。三冊くらいなら買ってもいいぞ」

「本当か！　それなら、選んでみるぞ」

姫菜はあれにしようか、これにしようかと、悩みながら本を手に取ったり、置いたりを繰り返している。

その間にそっと側を離れて、翔太はさっきの雑誌コーナーに移動した。

もちろん手に取るのは『竜宮城グループ破綻の謎』と表紙に書かれている本だ。

目次を見て、そのページを探し出す。

そこに書かれていたことは、大抵姉から聞いている話だった。

海外での投資の失敗。

総帥である竜宮城王児の失踪。

竜宮城の売却。

そして総帥の娘も行方をくらましていると、姫菜のことにも少しだけ触れられていた。

だからといって、写真などが掲載されているわけでもない。

あまり気にすることはなさそうだ。

それより気になったのは、次のページの見出しである。

ハリウッドで有名な男性俳優が、お忍びで日本に来ているというものである。

その理由は、日本人との恋愛だと書いている。

それだけならば、特に気にならなかっただろう。

問題は、

『相手は神戸の輸入品会社に勤める女性（23）？』

というところである。

姉とまったく同じだ。

姉の仕事のことをよくは知らないが、輸入品がどうのと言っていたような覚えもある。

（でも、さすがにそれはないよな……）

とはいえ、ハリウッドセレブが相手ならば、馬だとかセスナだとか、プレゼントされてもおかしくないような……。

姉である恵は、美人な方であるとは思う。

でも、ハリウッドセレブにプロポーズされるほどではないだろう。

さすがに別人だ。姉であるはずがない。

そう思うことにして、翔太は漫画の棚で目を輝かせている姫菜の元に向かうことに決めた。

☆☆☆

結局、自分のものと、姫菜の欲しいもの。

合計五冊の漫画を本屋で購入した。

「お待たせ、姫菜」

レジを終えた翔太は、店の前で待っていた姫菜に声をかける。

しかし、反応がない。

姫菜は悲しそうな表情で、何かを見つめていた。

（あれって……）

その視線の先を見て、姫菜が何を見ていたのか理解する。

——竜宮城。

ほんの一月前まで、姫菜が暮らしていた場所だ。

「あ、御主人殿。店から出てきていたのだな」

城から視線を外して振り返る。

それで翔太が店から出てきていることに気づいたようだ。

「戻りたいのか？」

ふと、翔太の口からこぼれ落ちた言葉。

その意図を、姫菜は理解したのだろう。

「そんなことはないぞ。今の御主人殿との生活は幸せだからな」

笑みを浮かべながら、姫菜は答える。

だが、翔太はその言葉を素直に受け止められなかった。

姫菜の浮かべた笑みが、哀しそうなものに見えたからだ。

☆☆☆

トゥルルルル、トゥルルルル……。

帰宅したあと、ベッドに寝転がり、今日書店で購入したばかりの本を読んでいた翔太のスマホに着信があった。

姉からのものだ。

『何か欲しいものはわかった？』

翔太が電話に出ると同時に発せられたのは、予想していた通りの質問だった。

「残念ながら、まだだよ」

素直に翔太は答えて、今日、一緒に買い物に行ったことや、欲しいものを素直に聞いても、その答えはまだ出ていない漫画の新刊だったこと。

その結果、一緒に書店に行っていくつか漫画を買ったことなどを伝えていく。そして、

「そういえば、なんだけどさ……」

『……ん？　何か、姫菜ちゃんのことで気になったことがあるの？』

「お城を見てたんだ」

『お城？　それって竜宮城のことよね？』

「ああ」

翔太は声に出して頷いた。

「あのさ、姉ちゃん……やっぱり姫菜は、竜宮城に――」

『ストップ！』

「え……」

いきなり言葉を遮られて、翔太は戸惑ってしまう。

「ストップって、どういう……」

『それ以上話を続けなくていいって言ってるのよ。プレゼントも決まったわ』

自信たっぷりに、恵は断言する。

「プレゼントが決まったって……まさか、竜宮城のプラモデルじゃないだろうな。もしくは竜宮城を買っちまうとか」

『なに馬鹿なことを言ってるのよ、そんなもの買えるわけないでしょ。それに竜宮城のプラモデルなんかないわよ』

呆れたように、恵は続ける。

『ま、冗談を言う余裕があるのはいいけれど。でも、一つだけ言わせて――』

「なんだよ」

一呼吸置いて、恵は口を開いた。

『アンタ、もっと自信を持ちなさい。でないと、姫菜ちゃんに失礼よ』

「自信って……」

『自分で考えなさい』

電話が切れる。

（うーん、自信を持てって言われてもな……）

その言葉の意味が、翔太には上手くつかめない。

そもそも、どうして今の会話で、姫菜の欲しいものがわかるのだろう？

（それが自信ってやつなのか？）

それはただの思いこみというやつではないのだろうか。

姫菜のこと。

姉の言うこと。

女というのはよくわからない。

翔太は、心の底からそう思った。

☆☆☆

ついにやってきた姫菜の誕生日。

結局、これといったプレゼントは思いつかなかった。

買ったのは包丁だ。

今、姫菜が使っている包丁は、ずいぶんと古いもので、刃こぼれもしていることを知っている。

切れ味もかなり悪くなっているようだ。

前にどうやって研げばいいのかと迷っていたので、いっそそれならと思い、プレゼントすることに決めたのだ。

あと買ったものといえばイチゴのショートケーキである。

姫菜のぶんと、自分のぶん。

商店街の人気店で購入してきた。

さすがに年齢分とはいかないが、ローソクももらっている。

「ただいまー」

何食わぬ顔で、いつものように帰宅した。

包丁はカバンの中にラッピングされているものが入れてある。

だから、ぱっと見てもわからないだろう。

ケーキの入っている箱も背中に隠している。

——誕生日、おめでとう。

そう言って、玄関にやってきた姫菜に差し出し、驚かせるためだ。

なのに、いつもと違って、玄関に姫菜がやってこない。

いったいどうしたのだというのだろう?

計画倒れになったことよりも、その方が心配でたまらない。

「おい、姫菜。どうかしたのか?」

翔太は声をあげながら靴を脱いだ。

すると、奥から声が聞こえてくる。

「お帰り、翔太。お邪魔しているわよ」

「……え?」

その声は姫菜のものではない。

でも、聞き覚えがある声で……。

「ねーちゃん？　なんで？　どうしてここにいんの？」

リビングに駆けこんだ翔太の目に映ったのは、久々に会う姉の姿だった。

「あははーっ、そりゃ今日は姫菜ちゃんの誕生日だからよ。プレゼントを持ってきたの。ほら、見てあげてって……」

「見てあげてって」

ふふふと笑みを浮かべて、恵は、今は姫菜が使っている、自らの部屋の扉をガラリと開いた。

「え……」

現れた姫菜の姿を見て、翔太はあんぐりと口を開けてしまう。

「なんでお前、そんな格好……」

姫菜が身につけていたのは、魚や、海藻などの模様が、美しく描かれた、まるで晴れ着のような、美しい着物だった。

「それ、どうしたんだ？」

「恵殿がわざわざ持ってきてくれて、着付けまでしてくれたのだ」

「つまり、これがわたしからの誕生日プレゼントってわけ」

恵はふふんと鼻を鳴らした。

「それって、これをねーちゃんが買ったってことなのか？　ずいぶんと高そうだけど……」

「ふふふ、そうでしょ……と言いたいところなんだけど、実はそうじゃなくてね。これは、姫菜ちゃんが竜宮城を飛び出したときに着ていたものでね、うちにいる間はこれを着ていたのよ。それを持ってきたってわけ」

「ああ、そうなのか……」

それなら納得だ。

「でもって、アンタの話を聞いていたら、これを届けてあげるのが誕生日プレゼントとしていいんじゃないかって思ってさ」

言われて、翔太は思い出す。

「俺の話って、姫菜が竜宮城を見てたってことなのか？　それでなんでプレゼントが着物に……」

「それは自分で考えなさい」

ぴんと翔太のおでこにデコピンをして、恵は続けた。

「これは姫菜ちゃんはもちろん、アンタへのプレゼントでもあるんだからね」

「俺へのプレゼントって……」

「今よりも、さらに前に進むためのプレゼントよ」

ずいぶんと思わせぶりな言葉だ。

そして恵はこれ以上喋る言葉はないと伝えるように、肩にハンドバッグを掛けた。

「ということで、わたしはこれで」

「もしかして、これから神戸に戻るのか？」

「ううん、夜は東京に来ているダーリンと会う予定になってるの。と、これを忘れるところだったわ」

恵が懐から取り出した封筒を翔太は受け取った。

「なんだよ、これ」

「隣町にある高級料理店のランチのチケットよ。このあと、サプライズ的に夕食に招待っていうのも考えたんだけど、今日わたしが来ることをアンタには内緒にしてたからね。何か食べ物を買ってくる可能性も考慮して、チケットにしたってわけ」

恵は翔太が持っているケーキの入った箱を一瞥して、ビンゴと言うように口角を上げて微笑んだ。

「学校が休みの日にでも予約していってきなさい。美味しいお店だから。ちなみにこの分のお金は、ダーリンが出してくれたのよ」

「あのさ、東京に来ているっていうけど、もしかしてそのダーリンって、外国人だったりする？」

「ふふふ、それは禁則事項よ。後はお二人でごゆっくり」

「いや、禁則事項って、おい……」

ぱちりとウインクをして、恵はそそくさと、まるで他人の家からお邪魔するように玄関から出ていった。

すると室内が、台風が過ぎたあとの凪のように静まり返る。

「ええと……」

姫菜と向かい合うと、言葉が出てこなくなってしまった。

喉がカラカラに渇いていることに気付いて、翔太は自分が緊張しているのだと認識する。

前に買ってきた、ピンク色の、露出の多いメイド服を着用した姫菜を見た時も、かなりドキドキしたけれど、これほどではなかった。

それはたぶん、姫菜が自分のメイドであるということに変化がなかったからだろう。

でも、今の姫菜は違う。

目の前に佇む着物を着用している姫菜は、高木翔太のメイドではないように思えた。

彼女は、竜宮城姫菜。

幼なじみで大好きだった少女。

そのもので――。

「あ、そうだ、これっ。ケーキを買ってきたんだ」

翔太は思い出したようにそう言って、姫菜にケーキの入っていた箱を差し出した。

「お前、イチゴが好きだろ。だからイチゴのショートにしたんだ。だから、飯の後に食おうぜ……って、これ、冷蔵庫に入れておかないとな」

慌てて翔太は冷蔵庫の中にケーキの箱を入れる。

（なんだ、俺。さすがに緊張しすぎだろ……）

姫菜に背中を向けたまま、深呼吸を繰り返す。

「あとは、これなんだけど……」

続けて翔太が鞄の中から出したのは、長く、平べったい、長方形の箱だ。

「なんだ、これは」

姫菜は可愛らしく首を傾げる。

「開けてみてくれ」

「うむっ」

嬉しそうに、それでいて丁寧に、姫菜は包装紙をめくっていく。

「これは……」

中から現れた包丁を見て、姫菜は目をきらきらと輝かせた。

「前に包丁の切れ味が悪くなったからって、どうやって研ぐか迷ってただろ？　せっかくだから、新しいのプレゼントしようと思ってさ。今の姿のお前には似合わないかもしれないけど、メイドに戻ったら、また俺に美味い飯をつくってくれよ。毎日美味い飯が食えて、本当に俺、感謝してるんだからさ」

ガラにもない言葉だ。

それだけにとても照れくさいし、心臓がバクバクと音を立てていた。

「……翔太殿……」

ぽろり、と。

姫菜の瞳から涙がこぼれ落ちる。

「ありがとう、本当に嬉しいぞ」

「お、おい、泣くなって……」

想像していなかった事態に、翔太はどうしていいのかわからなくなって、オロオロとしてしまう。

「それに今、翔太殿って……」

「……着物を纏っていると、昔に戻った気がしてな。メイドである自分を忘れてしまった。本当に申し訳ない」

そう言って、姫菜は慌てて頭を下げる。

「いや、謝ることはない。それでいいよ」

「え……？」

「今は、翔太殿で——いや、これからは翔太って呼んでくれ。昔みたいにさ」

「……しょ、翔太、だと……？」

「ああ、だめか？」

ぶんぶんと左右に首を振る。

「いや、いい……。わらわは、翔太がいい。御主人殿のことを、翔太と呼びたい」

「なら、呼んでくれ」

「しょ、翔太……」

頬を真っ赤に染めて、照れくさそうに姫菜は言った。

「もう一回。お願いだ」

「翔太……好きだ、翔太……わらわは、翔太殿のことが、大好きだ……」

どくんと、大きく心臓が音を立てた。

かわいい。

目の前の姫菜が、かわいくて仕方がない。

「姫菜っ！」

翔太は両腕で、強く姫菜のことを抱きしめた。

「本当は姫菜のことがずっと好きだった。昔から、ずっと」

「無論、わらわもだ。大好きだぞ、翔太殿」

どうしてだろう。

ようやく素直になれて。

こうして好きを口にして。

その想いが同じだったことがわかって。

とても嬉しいことなのに。

どうして涙が出るのだろう。

「ん……ちゅ……れろ、ちゅ……ちゅ、れろ、ちゅ……」

両手を繋いで。

指と指を絡ませて。

涙を流しながら、再び二人は長い口づけをした。

「ごめん、あの頃は素直になれなくて……長い間、姫菜を待たせちまった」

「そんなことはどうでもいい。こうして、わらわは最初に好きになった人と——翔太殿と一つになれたのだからな。それだけでわらわは幸せだ」

再び姫菜が唇を重ね、そのまま身体を預けてくる。

翔太はそのまま床に腰を下ろした。

それでもキスが終わることはない。

「ちゅ、んっ……好きだ、翔太殿……ちゅぱっ、ちゅ…大好きだ……」

キスを続けたまま、翔太は着物の上から姫菜の胸に触れた。

そして、手のひらでは覆いきれないほどの、重量感のある膨らみを弄びはじめる。

すると姫菜は口元から甘い声を漏らした。

「んっ……翔太殿ぉ……♡」

唇を離し、着物から出ている綺麗な首筋に翔太はキスをする。

そのまま舌を滑らせてぺろりと舐めると、そのお返しをするように翔太の首元に軽く唇で触れた姫菜は、もはやどうすることが当たり前のように、自然とズボンに手を掛けた。

ホックが外れ、山になったパンツが露わになる。

その中から当然のように勃起しているペニスを取り出し、姫菜は舌を這わせはじめた。

「翔太殿……ん、ちゅ……れろ、ちゅ……れろれろ……」

両手でペニスを支え、愛おしそうに奉仕をする。

その姿がとてもかわいらしい。

さらにペニスは硬さを増していく。

「もう挿れることができそうだな」

姫菜の唾液と先走り汁でテカテカと輝いているペニス。

姫菜は着物を上げて、その上に乗り上げていった。

「……翔太殿、ゆくぞ」

「ああ」

翔太が頷くと、ぱっくりとひらいた陰部の位置をペニスに合わせて、姫菜は腰を落としはじめる。

「んっ……ふぁっ、んんっ……」

真っ赤に上気した頬。

その口元から漏れる吐息と共に、ちゅぷりと音を立てて、ペニスは彼女のピンク色のぬくもりの中へと呑みこまれていった。

「……翔太殿のものを、お腹の中で感じるぞ。すごくあつい……」

「姫菜の中も、すごくあったかいぞ……。いつもより、熱い気がするくらいだ……」

一つになった二人は、抱き合うような形で、ちゅぱちゅぱと唇をついばみ合いながら。

何度も何度も、愛の言葉を重ねながら。

リズムを合わせるように腰を動かし、性器をこすりつけ合う。

「翔太殿っ……好きだっ！　大好きだ！」

「俺も好きだ、大好きだぞ、姫菜っ！」

翔太の首に両腕を絡め、太ももに乗りかかるようにして、腰を上下させ続ける姫菜。

室内には、まだ若々しく、張りがあり、瑞々しい二人の肌がぶつかる音や、ちゅくちゅくと水気が触れ合ういやらしい音が響き続けていた。

「んっ……嬉しいぞ……。翔太殿に大好きなどと言われたら幸せで、わらわは死んでしまいそうだ」

「俺だってそうだよ。お前に好きって言われたら死ぬほど嬉しい。夢みたいだもの」

「夢なんかではないぞ。夢ではこんなに気持ちよくなれないはずだ。御主人殿もそう思うだろう」

「ああ」

二人で笑い合う。

「続けるぞ」

そう言って翔太は姫菜の身体を押し倒し、着物からこぼれ落ちたおっぱいを揉みながら、ピストンを続けていく。

「ぁっ……翔太殿っ……！　愛してるぞ翔太殿っ！」

姫菜は再び翔太の身体を両腕で抱きしめる。

それに呼応するように翔太も姫菜を抱きしめ、腰の送りを速めていった。

「あァッ、いいッ！　いいぞ、翔太殿……そこッ！　んぅッ！　いいッ、いいぞッ、

いくッ……！　うッ……んぅううんッ！」

身体だけではなく、完全に想いも一つになったせいだろうか。

こうして身体を重ねていると、いつもより一つに溶け合っているような気がする。

そのぶん、感度も凄かった。

「翔太殿、好きだっ!!　愛しているっ……んぅぅッ!!　もっと、そこッ……あッ……くぅんッ!!」

ずっとこうしていたいと思うけれど、そうもいかない。

姫菜の膣壁はペニスをぐいぐいと締めつけ、射精を求めてもいる。

「翔太殿ッ、わらわはもう限界だ……。だから、翔太殿……。わらわをイかせてくれ。わらわは、翔太殿といっしょにイきたいのだ！」

「わかった」

頷く翔太も、すでに限界が近い。

腰元まで熱い固まりがせり上がってきている。

「姫菜、中にいくぞ。いいな？」

「うむ、きてくれ、翔太ッ！　翔太殿のすべてを、わらわの中に、吐き出してくれッ！」

そんな可愛らしいことを言う姫菜の唇に唇を重ねて、舌を絡めていく。

達しようとしている状態での本気のキスだ。

お互いの頭の中どころか、目の前までもが真っ白になっていった。

「……ッ、姫菜ッ！」

クッと息が詰まる中、翔太は叫び、腰元で煮えたぎっていた熱い固まりを一気に放出した。

「ふぁっ、あっ、あああんッ！」

姫菜は、激しい嬌声をあげながら、翔太の身体にしがみついていく。

「ぁあっ……キてるぞっ……お腹の中に、翔太殿の熱いものが流れこんでくるぞ……。はぁっ、ぁあっ……♡」

かつてないくらいの絶頂だ。

全身をガクガクと震えさせながら、姫菜は流れこんでくる精を感じている。

翔太も同じような状態で姫菜の子宮に、これまでにないくらいの量の熱い固まりを注ぎこんでいった。

「ふぁあっ……ぁっ、はぁっ……ぁぁっ……♡」

最後の一滴まで味わいつくすように、可愛らしい声を漏らし続ける姫菜。

最上の女の悦びを与えられて、幸せそうだ。

無論、翔太も幸せで――。

射精が終わったあとも、二人は動くことはなかった。

互いの肩に頭を乗せ、抱き合ったまま、熱い吐息を漏らし続ける。

二人の体臭や汗。

そして想いのように、完全に身体は一つになっていた。

それはとても幸せな時間で……。

「……翔太殿……」

「……姫菜……」

二人は互いの名前を呼び合い、再び口づけをして、ようやく離れた。

「あ、やばっ……！」

思わず翔太が口にしたのは、立ち上がった姫菜の陰部から精液がドロリと垂れて、着物の上にこぼれ落ちたからだ。

「すまない、翔太殿」

慌てて、姫菜も口にする。

「身体に力が入らなくて、押し止めることができなかった」

「いや、お前が謝る必要はないよ。それよりこれ、どうしたらいいのかわかるか？」

「とりあえず拭いて洗濯しかないのではないか？」

「着物って洗えるのか？」

「わからぬ。城にいるときは、すべて給仕の者がやってくれていたからな」

そう言ったあと、思い出したように、姫菜は付け加えた。

「おお、そういえば恵殿は、わらわが着用していたこの着物をクリーニングに出すと言っていた記憶があるな」

「そっか」

つまりクリーニングに出したものを、ここに持ってきたということだろう。

「それなら、またクリーニングに出すしかないのかな」

どのみち汗でベタベタだし、このまま保管するわけにもいかない。

そんなことをすれば、精液や愛液の匂いが染みついてしまう。

「なら、明日出しに行くか」

「うむ、翔太殿、そうしよう」

こうして、この日から御主人殿ではなく、翔太殿と呼ぶようになった姫菜は、翔太と共に誕生日の翌日の土曜日、ランチついでに着物を出しに、駅前のクリーニング店に向かうことになったのだった。

第七章 ウエイトレスバイト事件

やってきた土曜日。

姉の恵からランチチケットをもらった隣町のレストランに行く前のことだ。

翔太たちは着物を持って、駅前の商店街にあるクリーニング店を訪れていた。

「クリーニングって、めちゃくちゃ高いんだな……」

クリーニング店を出ると同時に、翔太はため息交じりに呟いた。

なにせ八千円もしたのだ。ゲームソフトよりも高い。

「着物は特別だと言っていたな。機械で一気に洗えないと言っていたぞ。高級品だし、手で丁寧に洗うらしい」

「自業自得とはいえ、今月は一気に苦しくなったよ」

秋も深まり寒くなってきた中、翔太は薄めのコートを羽織っていた。

姫菜はいつも通りオーソドックスなメイド服を着用している。

それだけに何か上に羽織るものを買ってやりたいと思っていたのだが、今月は難しいかもしれない。

「苦しいとは、もしかして金のことか？」

翔太の言葉から察したのだろう。

顔をのぞきこむようにして、姫菜が問い掛けてくる。

「え……。ああ、まあな……」

困ったように翔太は答えた。

姫菜の前でお金の話をするのは避けていたからだ。

それなのに、ついこぼしてしまった。

すると姫菜は申し訳なさそうな表情を浮かべて、再び問いかけてくる。

「翔太殿、それはもしかして、わらわのせいなのか？」

「いや、その……」

こうなるのが見えていたので避けていたのだ。

実際、そうである。

思っていたより二人暮らしはお金がかかるものだ。

電気代やガス代は親が払ってくれているので問題はないし、家賃だってかからない。

とはいえ、食費や、その他のお金は、わずかな仕送りの中から出すことになっている。

貯金はあまりしてなかっただけに、財政状況はかなり逼迫《ひっぱく》していた。

「やはり、わらわのせいなのだな……」

翔太が言葉を濁したことで察知した姫菜は、落ちこんだ様子でがくりと肩を落とした。

「いや、気にするなって」

慌てて翔太はフォローする。

「これからはお互い節制しようぜ。ちょっと頑張ればなんとかなるレベルだからさ」

そう言って、姫菜の肩をぽんと叩いたところだった。

「あら、翔太くん？」

いきなり声を掛けられて、翔太ははっとなった。

（……いったい誰なんだ？）

もしかしてクラスメイトだろうか？

だとしたら、とても面倒くさい。

でも、声はもっと年上だったような……。

（それに、翔太くんって——）

自分のことをそう呼ぶクラスメイトはいない。

それだけに誰だろうと不思議に思いながら振り返ると、優しく微笑む女性が立っていた。

「あ……」

その姿に翔太は見覚えがある。

翔太が子供の頃から接していた母親の友人。

この商店街にある喫茶店『森瀬《もりせ》珈琲店』を夫と共に経営している、森瀬恭子《きょうこ》である。

「お久しぶりです、恭子さん」

こうして恭子と会うのは一年ぶりくらいのことだ。

一人暮らしをしてはじめてのことでもある。

「こちらこそ、お久しぶりね。で、翔太くん、今日は面白い格好をしたお嬢さんとデートしているわね。お母さんやお姉さんがいない間に彼女をつくるなんて——って……」

ニヤニヤと笑みを浮かべながら姫菜の顔を見た恭子の時間が、数秒停止した。

「ええと、もしかして姫菜ちゃんなの？」

「え、あ、その……」

名指しされた姫菜は混乱を見せている。

そして翔太の耳に口を近づけ、

「御主人殿、この方はいったい……」

と小さい声で問われて、翔太は気付いた。

「お前、恭子さんのこと覚えてないのか？」

「……恭子さん、だと？」

「商店街にある『森瀬珈琲店』の恭子さんだよ。俺たちの母親と仲がよかっただろ」

「あ……」

翔太の言葉を聞いて姫菜ははっと目を大きく見開いた。

「思い出した、思い出したぞ！　恭子！　恭子だ！　久しぶりだな、恭子！」

「やっぱり姫菜ちゃんなのね！　ほんと久しぶり！　でも、どうして姫菜ちゃんがメイド服を着て、翔太くんと歩いているのかしら？　もしかして二人は今、お付き合いをしていたりするの？　それでもって、翔太くんの性癖っていうか、趣味がそういうのだったり？」

「ええと、それには深い事情があって……」

困ったように頬をかきながらも、翔太は言葉を続けていく。

「でもって、それに絡むんですけど、姫菜の名前を街中で呼ばれると、ちょっと困ることになっているんですよね」

「困ったことって……あ、そういうことなのね」

どうやら、恭子は今のやり取りだけで事情を把握したようだ。

真面目な表情で翔太たちの耳元に顔を寄せて、

「今、姫菜ちゃんの家、大変なことになってるみたいだものね。確かに、こんなにたくさん人がいるところで、長々と竜宮城グループの話や姫菜ちゃんの話をするのはまずいわね」

やはり恭子は姫菜の家の状況を把握しているのだろう。

「そういうことなんです」

翔太は頷いて答えた。

続いて、恭子が提案をする。

「それなら、わたしの店に移動するのはどうかしら？　よかったら、そこで今の状況を詳しく聞かせてくれない？　悩みがあるなら相談に乗るし、何か力になれることがあるかもしれないし。なんなら、お昼もごちそうするわよ」

「……翔太殿、どうする？」

姫菜は翔太の顔を見て、意見を求める。

元々、これから隣町にランチに行く予定だったからだろう。

（恭子さん相手なら、全部洗いざらいに話をしても問題ないよな……）

なにせ互いの母親と仲がよかったのだし、子宝に恵まれなかったからか、小さな頃、本当の子供のようによくしてもらった。

相談するにはうってつけの相手だ。

ランチは予約もしていなければ、特に期限もない。

また出直せばいいだろう。

一食分浮くのも今の財政状況ならばありがたいことだ。

なので、翔太は恭子に言った。

「本当にお呼ばれしていいんですか?」

「もちろん。それなら決まりね。姫菜ちゃん、うちの場所は覚えてる?」

ううんと、姫菜は首を左右に振る。

「それはそうよね。もう十年以上来ていないいんだから」

恭子はにこりと笑って歩き出す。

「案内するわ、こっちよ。ついてきて」

☆☆☆

三分もしないうちに翔太たちは『森瀬珈琲店』に到着した。

翔太が知っている店はいつも満員で活気があったのだが、今はしんと静まり返っている。

それどころかシャッターが下りているし、『臨時休業』の札も掛けられていた。

今は午前十一時過ぎなので、本来ならばすでに開店している時間だ。

それだけにどうしてと疑問に思ったのが、顔に出ていたのだろう。

翔太に向けて、恭子が口を開いた。

「実は夫が交通事故に遭っちゃってね。今は一人で切り盛りしているのよ」

そう説明しながらシャッターを押し上げ、臨時休業の札を取り外す恭子に、翔太は心配そうに問いかける。

「……おじさん、大丈夫なんですか？」

「不幸中の幸いで、命に別状はないわ。重い病気よりはマシと思うしかないわね。店に復帰できるのは、いつなのかまだわからないけれどね」

微苦笑を浮かべながら、恭子は店の中に足を踏み入れた。

「入って」

あとを追って、翔太たちも店の中に入っていく。

☆☆☆

二十席程度のこぢんまりとしたアンティーク調の店内には、四人席が二つあった。

そのうちの一つ。

店の一番奥にある四人席に恭子は翔太と姫菜を案内する。

「珈琲を淹れてくるわ」

そう言って、恭子はキッチンのある店のバックヤードに消えていった。

翔太はぐるりと店内を見回す。

(この店に来るの、本当に久しぶりだな……)

三年ぶりくらいだろうか。

とても懐かしい。

知り合いが経営している店だけに、友達と一緒に来るのは恥ずかしくて、最近はあまり足を伸ばしていなかった。

翔太と同じように店内を見回して、姫菜は声を張り上げる。

「おお、店の中に入ってようやく思い出したぞ！　確かにわらわはこの店に母様と来たことがある。内装はその頃とほとんど変わっていないな」

「そうだな、昔からずっとこんな感じだからな」

母様と一緒ということは小学生の頃だろう。

十年近く、この店の時間は停止している。

マスターがいないことを除いては。

「お待たせ」

しばらくすると、コーヒーとサンドイッチの載ったお盆を手に持って、恭子が戻ってきた。

「はいどうぞ。これはわたしからのサービスだから、さっき言っていた通り、もちろんお代はいただかないわよ」

冗談を言うように恭子はくすりと笑って、翔太と姫菜の目の前に珈琲を並べていく。

「ありがとうございます」

翔太は感謝の言葉を告げた。

「ありがとうございますなのだ」

続けて、姫菜も感謝の言葉を告げる。

「どういたしまして」

恭子は嬉しそうに微笑み、翔太と姫菜の前に腰を下ろした。

そして、テーブルの上に両肘をついて、

「それじゃ、話を聞かせてもらいましょうか」

「はい」

頷いた翔太は、姫菜の家の現状のことや、姉の恵の計らいによって自分の家にやってきたこと。姫菜と共に暮らしていることなどを、恭子に伝えていく。

うんうんと頷きながら、恭子はしっかりと話を聞いてくれた。

「……正直、そこまでとは思っていなかったわ。竜宮城グループの経営状態は、海外展開で、かなり悪くなっていたのね」

翔太の話が終わると同時に、暗い面持ちで同情的に口にしたあと、恭子は同じような顔をしていた姫菜を見て、微笑みかけた。

「でも、よかったわね、姫菜ちゃん。翔太くんがいて」

「うむっ」

頷いた姫菜は、ぱっと太陽のような、明るい笑みを浮かべる。

その表情に、思わず翔太はドキッとしてしまった。

しかし、明るい表情は長く続かない。

「恭子の言う通りだ。翔太がいてわらわは助かった。ただ……」

姫菜の表情が一変し、曇りを帯びはじめる。

「……ただ、どうしたの？」

姫菜に反応して、恭子の表情も一瞬にして曇っていった。

「わらわのせいで、翔太殿が困っているのだ」

ようやく商店街で、翔太と姫菜が話をしていたことに戻ってきた。

そこで翔太は再び口を開き、思っていたより二人の生活にはお金がかかることや、仕送りだけならやっていけなくなっていることなどを、恥ずかしながらも恭子に伝えていく。

期待していたのは、年長者からの生活の知恵だ。

しかし、そこで恭子の口から飛び出したのは、想像していないものだった。

「だったら姫菜ちゃん、ここでバイトしない？」

「バイト、だと？」

翔太と姫菜は驚いたように顔を見合わせる。

「さっきも言った通り、今は店を一人で切り盛りしているわけでね。さっきみたいに別の用事があるときは、どうしても店を閉めなきゃいけないの。だから姫菜ちゃんに手伝ってもらえると嬉しいなって。さっきの話を聞く限り、今は学校には通ってないんでしょう？」

「うむ」

と、姫菜は頷いた。

「今は一日中、翔太殿のメイドをしている」

「なら、そのメイド業の負担にならない範囲でってことで。もちろん、お金はちゃんと出すわよ。それで生活が楽になるなら、一石二鳥じゃない」

「いいな、是非させてくれ！　翔太殿のためにもなって、恭子殿のためにもなる！　確かに一石二鳥だ！」

いいだろう、翔太殿と口にする勢いで、姫菜は翔太にキラキラとした瞳を向けた。

だが、翔太は不安が拭えない。

「姫菜にバイトができるんですかね……」

翔太自身バイトはしたことがないのでわからないが、メイド生活が板についてきたとはいえ、お嬢様育ちの姫菜にアルバイトなどできるのだろうか？

「それに――」

心配は他にもある。

この商店街から竜宮城まで少し距離があるとはいえ、姫菜のことを探している奴らの目に触れないとは限らないのだ。

テレビや雑誌で竜宮城家のことが話題にもなっている。

さらに姫菜のこともクローズアップされるかもしれない。

翔太はそのことを恭子に伝えていった。

「それなら、変装するっていうのはどうかしら」

「……変装、ですか？」

「姫菜ちゃんといえば昔からずっとその髪型でしょ。だからそれを変えるだけでも、かなりイメージが変わると思うのよ。ちょっと待ってて」

そう言って恭子は椅子から立ち上がり、再びバックヤードへ消えていった。

それからすぐに手にゴムを持って戻ってくる。

「これでポニーテイルにするなんてどうかしら。姫菜ちゃん、ちょっと立ってみて」

「う、うむ……」

立ち上がった姫菜の髪を恭子は結び、後ろで纏めていく。

あっという間に、姫菜の髪型がポニーテイルに変化した。

「確かに、イメージがかなり変わるな……」

ポニーテイル姿の姫菜は新鮮なものだ。

普段よりも若く、中学生のように見える。

「あとはしゃべり方だと思うけど、そのしゃべり方、需要があると思うのよね。姫菜ちゃんのかわいらしさとのシナジー効果で集客も見こめるかも。だからこそ、それに合わせて衣装を用意して――あ、なんだか楽しくなってきた。娘がいたら、こんな気分になるのかしらね」

うふふと笑って、恭子は続けた。

「ほら、いくら大変な状況とはいえ、竜宮城家のお嬢様がメイド服みたいな衣装を着てバイトしてるとは、誰も思わないでしょう？　だから、きっと大丈夫よ！」

色々考えているうちに楽しくなってきたのか、恭子もやる気マンマンだ。

「翔太殿、これならバイトをしても問題ないか？」

「いいでしょ、翔太くん？」

「あ、はい……」

ということで――。

結局、二人に押しきられるような形になり、翔太は姫菜が『森瀬珈琲店』でアルバイトをすることを認めることになったのだった。

☆☆☆

アルバイトの開始は再来週の月曜日に決定した。

それまでに恭子が衣装を用意し、働ける状態にするということだ。

できればバイトの最初の日、翔太は店まで付き合い、姫菜がちゃんとバイトをすることができるのか、この目で見定めたかったのだが、月曜は平日なので、翔太には学校がある。

「本当に大丈夫か？」
朝、学校に向かう直前、翔太は姫菜に問い掛ける。
「大丈夫だ、問題ない」
姫菜は自信たっぷりに返事をするが、心配は拭えなかった。
そのせいで、学校での授業にまったく集中ができなかったくらいだ。
（そろそろバイトの開始の時間だよな……。あいつ、うまくやってるのかな？）
昼前、時計を見ながら考える。
恭子さんがいるから大丈夫だよな。
大丈夫に決まっている。
そう自分に言い聞かせて、気持ちを落ち着ける。
でも、やっぱり気になって……。
結局、一日中、授業に集中できなかった。
そして翔太は、学校が終わったあと、自然と足を商店街に向けていた。

☆☆☆

たどり着いた森瀬珈琲店の前。

窓からそっと中をのぞくと、リボンで髪を後ろで縛り、ポニーテイルにして、普段と違う和風のメイド服を身につけ、客からの注文を受けている姫菜の姿を見ることができた。

（いい、すごくいい……！）

和風のメイド服にポニーテイルはとても似合っていて可愛らしい。

注文を取っている姿も様になっている。

（なんだ、うまくやってるじゃないか……）

注文を取り終わり、バックヤードに消えていく姫菜を見てほっとした。

どうやら、心配は杞憂だったようだ。

これならきっと、何も問題はないだろう。

姫菜は上手くバイトをやっている。

邪魔しても悪いと、翔太は安心して、家に戻ることにした。

☆☆☆

姫菜がバイトをはじめて一週間と少しが過ぎた。

先に家に帰って姫菜を待っている生活にもずいぶんと慣れてきている。

……とはいえ、寂しいのは変わらない。

一人でいるのは、ほんの二、三時間のことだ。

それなのに、胸の中に、何かぽっかりと穴が空いたような気持ちになるなんて、一人暮らしを満喫していた一カ月以上前の自分では、考えられなかったことである。

(ほんと、こんな風になるなんてな……)

その時、ガチャリと玄関で音が聞こえた。

咄嗟に翔太は寝転がっていたベッドから飛び起きる。

姫菜だ。

姫菜が帰ってきたのだ！

翔太は玄関に行って、姫菜を迎え入れる。

「ただいまだ、翔太殿！」

「おかえり、姫菜。今日もちゃんとバイトはできたのか」

「うむっ、できたぞ。褒めてくれ」

元気よく頷いて、姫菜は抱きつくように翔太の胸に飛びこんだ。

その頭を、翔太はよしよしと撫でる。

こうするのは、姫菜がバイトをはじめてから毎日する、日課のようなものだ。

嬉しそうに姫菜は胸に顔をすりつけている。

「それでだな、翔太殿。今日は報告があるのだ」

「……報告？」

「うむ、聞いてくれ。明日は開店から閉店まで、ずっと一人で店を切り盛りすることになったのだ」

「え、一人で？　なんで？」

「入院中のおじさんの手術の立ち会いがあるらしくてな。恭子殿は店に出られないらしい」

「そういうことか」

納得はできた。

でも、心配なのは変わらない。

「それ、大丈夫なのか？」

「手術ならばたいしたことがないと恭子殿は言っていたぞ。一応、立ち会いをするだけだとな」

「いや、そうじゃなくて、本当にお前一人で店がやれるのかってことだよ」

「恭子殿は大丈夫だと言っていたから、それもまた問題はないだろう。店のことは殆ど覚えたしな。平日だし、客の数も限られている。一人で切り盛りすることも不可能ではない。これも恭子殿が言っていたことだ。わらわもそう思うし、なんとかなるはずだ」
姫菜はそう自信たっぷりに言いきったが、翔太は心配でたまらなかった。

☆☆☆

それだけに翌日の放課後のこと。
翔太の足は自然と『森瀬珈琲店』に向いていた。
姫菜の様子を見に行くためだ。
もちろん、姫菜にはそのことを話してはいない。
(おいおい、結構たくさん客がいるじゃないか……)
平日だから客の数は限られていると姫菜は言っていた。
しかし、店内の半分以上の席は埋まっている。
(うーん、どうしようかな……)
店の中に入るかどうか迷う。
いきなり入ると、姫菜が困惑するに違いないというのもあった。
(とりあえず、メールしてみるか)
それが翔太の結論だった。

仕事中なのだし、返事があるかどうかわからない。
もし十分くらい返事がなかったら、諦めて帰ろう。
そう思いながらも、
『これから店に行っていいか？』
と翔太はメールを送信した。
電柱に背中を預け、スマホでぼーっとゲームをして返事を待つ。
五分ほどで着信があった。
姫菜からだ。
『席は空いているし、問題はない』
内容はそれだけ。
ならば、遠慮することはないだろう。
翔太は店の中に足を踏み入れた。
扉についた鐘の音がカランカランと音を立てる。
同時に姫菜の視線が翔太に向けられた。
ほんの一瞬、
「あ、翔太殿だ」
という顔を見せた姫菜だったが、すぐに店員のものに戻り、問い掛けてくる。

「い、いらっしゃいませなのだ。お一人様なのか？」

マニュアル通り笑顔の接客。

とはいえ、父親譲りの時代がかった口調だ。

それだけに違和感があって、笑いそうになってしまう。

それを堪えて、

「お、おう……」

と翔太は答えた。

「それでは、奥の席にご案内致すぞ」

案内するように歩き出した姫菜の視線の先。

店の奥には三つの二人席がある。

そのうちの一つは一人客で埋まっていた。

翔太が案内されたのは、一番窓際の席だ。

「少々お待ち下さいなのだ」

翔太が椅子に腰を下ろすと、そう言って、姫菜はバックヤードに消えていった。

それからすぐに、水を持って戻ってくる。

「ご注文はどうするのだ？　後にするか？」

「いや、今でいいよ」

即答して、翔太は続けた。

「ホットコーヒーを頼む」

「ブレンドでいいか？」

「ああ」

翔太は頷く。

「ご注文を承った。すぐにつくってくるぞ」

姫菜はくるりと踵を返し、店のキッチンへと消えていく。

腰元でくくられたリボンがお尻の上で上下に揺れていた。

その姿を、翔太はつい好色な視線で見つめてしまう。

そのような視線を向けているのは、翔太だけではなかった。

他の男性客も同じだ。

翔太と同じように姫菜の美しいお尻の曲線を眺めている。

それに気付いて、翔太はむっとしてしまった。

「あれが噂の美人メイドか」

「変なしゃべり方だけど、かわいいって噂は本当なんだな」

耳を澄ますと聞こえる声。

どうやら、姫菜のことはかなり噂になっているようだ。

それも当然のことだろう。

姫菜がとびきりかわいくて、美人なのは間違いないことなのだから――。

でも、それは危険と隣合わせでもある。

あまり話題になりすぎると、変装していても、姫菜の正体がばれてしまう可能性があるからだ。

父親のことを追っている連中の耳に入る可能性だってあるだろう。

それだけが、本当に心配だった。

でも、やはり姫菜のアルバイト代は生活にとってありがたいもので――。

（ま、何かあったら、すぐにやめさせればいいか……）

今のところは何もない。

これからもそうあればいいと、心の底から翔太は思う。

でも――。

「お待たせした。どうぞなのだ」

「あ……」

気付けば目の前に姫菜が立っていた。

目の前に、ホットコーヒーを置いてくれる。

「ありがとう」

翔太がそう感謝の言葉を口にすると、姫菜はにこりと微笑み、

「どういたしましてなのだ」

と返事をして、また店の奥に戻っていった。

やはり店内の視線は姫菜に集中している。

そんな姫菜がキッチンの中に消えていくと、店内の空気が一変し、普通の喫茶店のようになった。

それでも客の間で会話の大半は姫菜の話だ。

(なんにせよ、楽しそうに姫菜がやってるのが一番だよな)

そこに、カランカランと鐘の音が響いた。

客がやってきたのだ。

扉に視線を向けると、それが二人の男と、一人の女の、若い三人組であることがわかった。

翔太たちと同じくらいの年齢だ。

翔太が通っているのとは違う高校の制服を着用している。

荒れていると有名な高校のものだ。

三人とも髪を金や茶に染めているし、制服の着こなしもずいぶんと悪い。

よく見れば、一人の男の耳にはピアスもついているし、ポケットに手を突っこんで

もいる。

しかも三人とも、鞄を持っていない。

どこからどう見ても不良だ。

「いらっしゃいませ。三名様ですか？　こちらに――」

「俺たちはここでいいよ」

答えたのは金髪ロン毛ピアスの男だった。

案内をしようとした姫菜の隣をすり抜けるようにして、三人組は店の入り口付近にある、四人席に次々に腰を下ろしていく。

マニュアル通りには行かず、少し困った様子を見せた姫菜だったが、すぐにバックヤードに消え、水とおしぼりを持って、その席に向かっていく。

「どうぞ、なのだ」

「お、よく見りゃ可愛いバイトじゃねえか」

姫菜を見るなり、ロン毛の男が言った。

「お、マジだ。こんなところに、こんなかわいい子がバイトしてるなんて、知らなかったぜ。どこの高校に通ってるの？　名前は？」

もう一人の短髪の男も、姫菜を見て、ニヤニヤと笑みを浮かべながら、ナンパのように声を掛ける。

そこで、女が口を開いた。

「ちょっと、アンタたち、こんな女が好きなの？　いわゆる清楚系ってやつ？　こういう女こそ、遊んでるんだ。そうだろ、あんた？」

「いや、その……。ご注文は……」

女の言葉に困ったようにしながらも、姫菜は接客を続けようとしている。

（ど、どうしよう……）

助けに入るべきか翔太が迷っていると、さっきの短髪の男が横から口を挟んだ。

「アイツの質問になんか答えなくていいぜ。それより、名前はなんていうんだ？　俺の質問に答えてくれよ」

「わ、わらわの名は、姫子だが……それより、注文を……」

姫子というのは、もちろん偽名だ。

正体を隠すための措置で、そのようにしていると、姫菜からは聞いていた。

「じゃあさ、姫子ちゃん。俺にサービスしてくれよ」

「……サービス、だと？」

姫菜は目を細めて問いかける。

「そ、サービス。してくれない？」

「サービスなら、もちろん誰にでもするぞ。わらわはこの店の従業員だからな」

姫菜はにこりと笑みを浮かべて答えた。

「だからこそ、注文をしてくれ。メニューはそこにある。決まったら呼んでくれ」

「ちょっと待てって、注文は決まってるんだ」

振り返り、キッチンに戻ろうとする姫菜の腕を、短髪の男ががっちりと掴んだ。

「む、そうなのか？」

「注文は嬢ちゃんってのはダメか？」

ヒヒヒと卑しい笑みを浮かべながら、短髪の男は姫菜の腕を引っ張ってその身体を引き寄せようとする。

「——っ!?」

姫菜はその腕によって、椅子に座らされるような形で崩れ落ちた。

（あいつ、いったい何を……！）

翔太は思わず立ち上がりそうになってしまう。

姫菜は困ったように声をあげた。

「な、何をするのだ、お客殿！　この店の注文は、飲食物で——」

「そうか、飲食物か。だったら、お前のミルクが俺は飲みてえんだけど」

短髪の男は、ひゃははと笑った。

「あはは、ちょっとアンタやめなよ。その子、嫌がっているじゃん」

女はそう口では言うが、止めるつもりはなさそうだ。

ゲラゲラと笑っている。

ロン毛の男も、同じように笑ってた。

「なに、いいじゃねえか。俺はお前のカレシでもなんでもねーんだからよ。俺がどの女に手を出そうが勝手だろ？」

「まあそうだけどサ。でも、妊娠してない女のおっぱいからミルクなんて出ないよ？」

「じゃあ、俺がそうさせちまおうかな」

「きゃっ！」

そう言いながら短髪の男が姫菜の腰に手を回し、さらに自分の側に引き寄せようとする。

その瞬間、我慢の糸がぷちりと切れた。

「おい、お前!!」

翔太は立ち上がり、姫菜と男たちの元に向かって歩き出す。

「あ、なんだてめえは？」

ロン毛の男がガンを飛ばしてくる。

一瞬、それで翔太は怯んでしまった。

――怖い。

でも、逃げるわけにはいかない。

絶対に、いかなかった。

「いいからその汚い手を離せよ」

震えながらも、翔太は姫菜に触れてる短髪の男の左手を掴み上げる。

「ふざけんな、てめぇッ！」

短髪の男は立ち上がり、右の拳で翔太の頬を殴りつけた。

「ぐあっ！」

弾き飛ばされた翔太の身体が、近くのテーブルに激突する。

ガタンとテーブルの上に置いていたメニュー立てや砂糖やミルクが入っている小瓶が倒れ、高い音を立てた。

「――翔太殿ッ！」

慌てて、姫菜は翔太の元に駆けつける。

「大丈夫か、翔太殿っ！」

その姿を見て、ソファーに腰をかけたままのロン毛の男は眉を顰めた。

「……翔太殿、だ？　なんだお前ら、いったいどういう関係だ？」

「そんなのお前たちには関係ないだろ！」

そう言って翔太は立ち上がり、側にいる姫菜に声を掛ける。

「姫菜、お前は下がってろ」

「……姫菜？」

女がそう呟いた瞬間、翔太ははっとなった。

（しまった——）

ここでは本名を隠していたのに、つい『姫菜』と口にしてしまった。

「あっ……」

と、翔太とほぼ同時に目を丸くしたのは、二人の男と一緒にいた女だ。

「実はずっと気になっていたんだけど、思い出したわ！　そのヘンな喋り方に記憶があったのよね。アンタ、あの竜宮城グループの娘、竜宮城姫菜でしょ？　アタシ、小学校の時、一緒のクラスだったカオリよ、カオリ！」

姫菜はポカンとした表情を浮かべている。

どうやら記憶にないのだろう。

でも、カオリという女は姫菜のことを覚えているようだ。

それもまた当然だろう。

昔から姫菜は目立つ存在だったからだ。

「あんたの家、お金持ちだったのに、今は没落してるんでしょ。ママが言ってたわ。竜宮城グループは今破産状態だって」

「おい、竜宮城グループって、あの竜宮城のかよ」

「そうそう、この子、そこの一人娘なのよ。まさか、金持ちのお嬢様がこんなところでバイトしてるなんてね。超ウケる！」

ロン毛の男の疑問にカオリが答えた。

気付けばザワザワと周囲がざわめきはじめている。

（やばい……）

このままでは姫菜の正体が公になってしまう。

そうなると、これ以上バイトは続けられないだろう。

「で、お前はなんなんだよ。その竜宮城のお嬢ちゃんのカレシなのか？」

今度は目の前の短髪の男が口にする。

「だったらなんだっていうんだよ。それよりお前たち、金はいいから、この店から出ていけ。じゃないと、セクハラと傷害で警察に通報するぞ！」

「なんだと、テメエ。んなこと、やらせっかよ」

ポケットからスマホを取り出した翔太を見て、短髪の男は翔太に蹴りを放った。

「翔太殿ッ！」

姫菜の悲鳴と共に、再び翔太の身体が後方に飛んだ。

「……っ、くそっ！」

椅子を二つ倒しながら、翔太はテーブルに叩きつけられる。

また小瓶やメニューが倒れる音がした。

身体が痛い。

「これで、連絡はできねえな」

そう言いながら、翔太の手から離れ、床に転がっているスマホを短髪の男が踏みつけようとしたところだった。

「ちょっと、ヤバイよアンタ！」

「あン？　なんだよ」

カオリの声で短髪の男は振り上げた足を止めた。

「周りや外、見てみなよ」

「あ？」

言われたように周囲や窓の外を見て、短髪の男はチッと舌打ちをした。

悲鳴や物音が外に漏れていたのだろう。

遠巻きに店内をのぞいている人々が数多くいた。

「このままじゃ、マジでサツを呼ばれちまうかもしれねえな」

もう一人のロン毛の男がソファーから立ち上がりながら言った。

すると短髪の男は翔太を蹴ろうとしていた足を下げて、店の入り口に向けて歩き出す。

「んなことはわかってらぁ。行くぞ、お前ら」

「あ、うん……わかった……」

カオリは姫菜のことを気にしながらも、二人の男たちに引きずられるようにして店を出ていった。

「よかった……」

けほっ、けほっと、咳を繰り返しながらそう呟く翔太の元に駆けつけ、姫菜は声をかける。

「大丈夫か、翔太殿？」

「ああ、なんとかな。お前こそ大丈夫か？」

「ああ、わらわは大丈夫だ。翔太殿のおかげでな」

「なら、よかった」

翔太は微笑んで立ち上がり、店内の客に向けて頭を下げた。

「お騒がせしました。皆さん、お代はいいんで、今日のところは店じまいとさせてください」

店内を見ると、椅子が転がっているし、床にメニューや砂糖の瓶、その中身が散乱してもいる。

加えて、姫菜の正体が露わになってしまったこの状況で営業を続けるのは難しいと判断するしかなかった。

それは、今、店内にいる客たちにも伝わったのだろう。

一人、また一人と、店から出ていきはじめる。

翔太は、「ご迷惑をおかけしました」「本当に申し訳ありません」と店にいた人たちに何度も頭を下げながら、謝罪を繰り返した。

中にはお代を渡してくれる人もいた。

本当にありがたい。

翔太は泣きそうになってしまう。

客が全員出ていった頃には、店の外から中をのぞきこんでいた人たちもばらけていて、店の周辺には元の平穏が戻ってきた。

しかし店の中は荒れたままだ。

翔太はシャッターを下ろし、『臨時休業』の札をぶら下げ、扉の鍵を閉める。

「もうバイトは終わりにしよう」

「え……」

フロアに戻って言った翔太の提案を聞いて、姫菜は目を丸くする。

「それは、今日の営業が終わりということか?」

「それもあるけど、それだけじゃない」

きっぱりと答えて、翔太は続けた。

「もう、お前にここで働いて欲しくないってことだ」

翔太は姫菜の肩に両手を置き、さらに言葉を続けていく。

「もう、お前が今日みたいな目に遭うのはいやなんだ。だから俺はお前を他の男たちの前に晒したくないし、お前が俺以外の誰かに触れられるのが我慢できない。それに、俺のせいもあるとはいえ、正体もバレちまったようなもんだしさ。だからもう、俺はお前にバイトをして欲しくないんだ」

「翔太殿、だが、それではお金はどうするのだ?」

「そんなのはもう、どうだっていいんだ」

「――なっ!?」

翔太は両腕に力をかけて、姫菜を床の上に押し倒した。

「翔太殿?」

突然のことに混乱しているのだろう。

姫菜はパチパチと瞬きをしながら、翔太の顔をじっと見つめている。

「姫菜……」

上に覆いかぶさるようにして、姫菜の唇に軽くキスをした翔太は、その身体をぎゅっと抱きしめ、胸に顔を埋めて、慟哭するように言葉を続けた。

「好きだ、本当に大好きなんだ。ずっとお前と一緒にいたい。お前を、俺だけのものにしたいんだ！」

そう言いながら翔太は、着物のような制服のブラウスを脱がしはじめる。

「翔太殿、ここではダメだ……。これは、仕事用の服で……」

翔太の手を摑んで、姫菜は言った。

「もう仕事はしなくていいって言ってるだろ。この服は、なんとかして俺が買い取るから、続けさせてくれ」

「だが、しかし……」

「ごめん、耐えられないんだ。させてくれ、姫菜」

「んっ……くうんッ!!」

翔太は露わになった姫菜の乳首にしゃぶりついた。

「ふぁんっ！」

乳首を甘嚙みされて、姫菜は甘い声をあげる。

翔太はそのまま舌を動かしたり、吸いついたりを繰り返しながらも、右手をスカートの中へと伸ばしていった。

「翔太殿はバカだ。こんなことをしなくても、わらわはずっと翔太殿のものなのに……」

「だったら、もうバイトはやめて、ずっと家にいてくれ……お願いだ」

気付けば翔太は涙声になっていた。

その姿を見て姫菜は、呆れたように嘆息し、

「……わかった。翔太殿がそう言うのならば受け入れよう。もうわらわはこの店のアルバイトではない。翔太殿だけのメイドだ」

それ以降、姫菜が翔太の要求を拒絶することはなかった。

翔太に促されるまま、まるで机の上に置かれた料理のように姫菜はころりと机の上に仰向けに寝転がる。

「そういやアイツ、姫菜のミルクがどうのとか言ってたよな……」

さっき男が言っていたことを思い出した翔太は、露わになっている姫菜のおっぱいにむしゃぶりつき、乳首を吸い上げった。

「んっ……ぅっ……！　翔太殿……そんなに激しく吸ってもッ……ん……ミルクなど、出ないぞ……？」

「だったら、これでどうだ？」

「なっ……!?」

机の上で、手が届くところに転がっていた小瓶を翔太は手に取った。

中に入っているのは、コーヒーに注ぐためのミルクだ。

もちろん姫菜もそれを知っている。

「翔太殿、まさか……」

「そのまさかだ」

翔太は小瓶の中身を姫菜のおっぱいにかけていく。

「こうすりゃミルクが出なくても、ミルクを飲んでいるような気分になれるだろ？　こんな感じにさ」

「……っ、うぅっ……！」

子供のように姫菜の右の乳首に吸いついた翔太は、ペロペロと舌を動かし、ミルクを舐めはじめる。

「んくっ……翔太殿！　それは、おかしいぞ……んっ……んぅッ……！　それに、そんなことで、あの男に張り合う必要はないではないか……」

「でも、こうやって俺は、姫菜のミルクを味わいたくなったんだ。あいつにできないことを、やりたくなったんだよ」

「でも、これはわらわのミルクでは……あっ、くぅんっ！」

翔太が乳首を甘噛みすると、姫菜の身体にきゅっと力が入る。

「痛い……痛いぞ、翔太殿ッ……吸うならば、もっと優しく――」

「わかった」

そう答えて、今度は軽く噛んだり、舌でペロペロと舐め続けたりを翔太は繰り返す。

「ちょっと味がなくなってきたな」

もうミルクの跡はない。

そこで翔太はもう一度小瓶を手に取って、中身をおっぱいにかけていき、再びペロペロと、舌で乳頭を中心に、その周囲をなめ回しはじめた。

その姿を見て、姫菜は諦めたように嘆息し、母親が子供にするように、翔太の頭を両腕で抱えこんでいく。

「……んっ、翔太殿は、本当に仕方のない甘えん坊さんだな。子供みたいだぞ……。もう、満足したのではないか?」

「いや、まだこっちを吸ってないからな」

そう言った翔太は、身体を起こしてまた小瓶を手に取り、左の乳首にミルクをかけ、吸いついた。

「翔太殿は、本当にバカだな……。こんなことしなくとも、わらわは、翔太殿のものなのに……」

そんなことはわかっている。

でも、こうせずにはいられなかった。

翔太は綺麗におっぱいの周囲のミルクも舌でねぶり取っていく。

「翔太殿？　もういいか？」

翔太の唾液でベタベタになった自分の胸元を見ながら、姫菜は呟く。

彼女は、涙目にもなっていた。

「ああ、そうだな。もう満足したよ」

翔太は答える。

もうおっぱいは楽しんだ。

ベタベタになっている姫菜の胸元を紙ナプキンで綺麗にし、翔太は次なる段階に進むことにする。

「それじゃ、次はこっちを味わうか」

「なっ……!?」

翔太は姫菜のスカートをめくり上げて、下着をずらし、陰部に指を這わしはじめた。

当然のごとく、姫菜は驚きを見せる。

「なにをする翔太殿っ。もう満足したのではないのかッ!?」

「それはミルクのことだ。俺はもっともっと俺だけの姫菜を味わいたい。だから、ここも味わわせてもらうぞ」

「ひぁっ、んっ……!!」

スリットの中に指を突っこみ、奥に入れる。

「やめてくれ、翔太殿。まさか、この店でこの先までするつもりなのかっ⁉」

「そうしないと、本当におさまりがつかないんだ。お前だって、そうじゃないのか？」

何度か指を出し入れしていると、ピチャピチャと音が響きはじめた。

指に付着する、ネバネバとした液体。

それと共に、口元から甘い声が漏れはじめている。

「ふぁっ、んっ……！　わらわは、そんなこと……！　ひぁっ、あんっ……求めて、ないぞっ……んぅうっ！」

股の間に顔を入れて、翔太は姫菜の陰部に舌を這わしはじめる。

すると、姫菜のさらに奥から、愛液があふれ出てきた。

翔太はそれを舌で舐め、味わい続ける。

「そんなことはないだろ。いいぞ、姫菜。とても綺麗だし、美味いぞ。こうして、姫菜のここを見ることができるのも、味わえるのも、俺だけだ。それに、もちろん、こうしてクリトリスを刺激できるのだって、このピンク色の中の感触を楽しめるのだって――」

「――くぅんっ‼」

翔太がぷっくりと膨れ上がっていた姫菜のクリトリスを舌で刺激すると、姫菜は全身をぶるっと震わせた。

「ここをこんなに大きくして、これ以上したくないなんて言わせないからな」

準備はできている。

股の間から顔を離し、ズボンを下ろした翔太は、再び両手で姫菜の足をMの文字に開かせ、取り出したペニスをスリットに当てた。

そして腰を前に押し出し、ペニスをぐいっと、一気に陰部に挿入していく。

「くぅっ……んぅうーーーッ！」

姫菜が口元から漏らした甘い声。

それをむさぼるように翔太はキスをはじめる。

「……姫菜、かわいいよ、姫菜……」

「んっ、ちゅ……れろ……翔太、殿っ……！」

舌を絡ませながらキスを続ける翔太は、そのままの格好で姫菜のおっぱいも激しく揉みしだく。

腰の動きは最初から速く、とても激しい挿入だった。

「はぁっ、ちゅ……んっ、ぐぅっ……んぅうっ……んぁあッ。翔太殿ッ、いきなり、そんなに激しくッ……！　れろ、ちゅ……くぅんッ……うッ……！」

翔太のペニスは、姫菜の膣内を、乱暴に擦り続けている。

それだけに、痛みがあるのだろう。

姫菜の表情は、痛みや、苦しみに耐えているようなものだ。

漏らす声もそのようなものである。

それに姫菜は、外に声が漏れないように配慮しているのだろう。

キスをしながらはもちろんのこと、キスを終えたあとも、必死に声を抑え続けていた。

「……ッ、んぅっ……翔太殿、もう少し、優しく……んっ、んぅうっ……！」

それでも、翔太は容赦がない。

姫菜の身体を乱暴に弄ぶように。

姫菜の膣内を抉るように。

姫菜の二つの果実の間に顔を埋めたり、揉みしだいたり、勃起した乳首に刺激を与えたり、吸い上げたりしながら、激しい挿入を繰り返していく。

「ふあっ、ああっ……！　あっ……翔太殿っ……んぅっ……翔太殿っ……!!」

当然、感じる快楽は普段よりも強いのだろう。

目は涙で潤み、顔は真っ赤だ。

自分の口元に片手を当てて、姫菜は言った。

「だ……ダメだッ……こんなに激しくされては、わらわはッ……姫菜はもうッ……ん

ぁあああぁーーーッ!!」

ついに我慢の糸が切れてしまったのだろう。

嬌声をあげてしまった姫菜の顔は涙でぐちゃぐちゃだ。

せっかくの衣装も皺だらけになって、変な折り目もついてしまっている。

だからこそ、姫菜はこう漏らすのだろう。

「お願いだ、翔太殿ッ……もう、やめてくれっ……!　本当に、やめっ……んぁっ、あぁんッ!!」

それが姫菜の本音ではないことはこれまでの経験で知っている。

最初の頃はそれで止めたり、優しくしたこともあったが、それでは、最終的に物足りなそうな表情を姫菜は浮かべるのだ。

本当にやめたら姫菜は満足できない。

つまり姫菜が「ダメ」だとか「やめてくれ」だとかいうのは、「気持ちいい」「もっとしてくれ」「その場所を強く刺激してくれ」という意味なのである。

それは今日だって変わらないはずだ。

翔太もそれは変わらない。

だからこそ、腰の動きを止めることはなかった。

さらに激しく、姫菜のお腹の裏側を突きまくる。

「あっ！　ひぁっ！　らめっ！　イクっ！　イクっ！　はぁんっ！　んぅっ、あっ、ひぁあああぁーーーッ♡」

やはり姫菜は気持ちよさそうな声をあげ続けた。

全身が震え、歓喜しているのが伝わってくる。

「翔太殿っ、いいっ、イクっ！　気持ちよすぎて、わらわはイって……ふぁっ、ああああーーーーッ！」

翔太の背中に両手を回し、ぎゅっとしがみついて、姫菜は絶頂に達していく。

「ふぁっ……ああんっ！　ひぁっ、翔太殿っ……イクッ、んぅうッ、ううーーーッ……！」

ビクビクと激しく全身を震わせる姫菜。

その脈動は彼女の膣襞へと伝わり、翔太のペニスを強く締めつける。

それで、翔太にも限界が訪れた。

「……っく、イクぞっ、姫菜っ！」

真っ白になる頭の中。

翔太の下半身で熱いマグマが爆発し、彼の欲望が濁流のように、姫菜の子宮へと流れてこんでいく。

「ああっ……キているぞっ……。翔太殿の熱いものが、わらわの中に、流れこんできて……ふぁっ、あああぁ……♡」

うっとりとした表情で、熱い吐息を漏らす姫菜。

「はぁっ、はぁっ、はぁっ……」

射精を終えた翔太は、姫菜の上に覆いかぶさり、その身体を包みこむような形で、荒い呼吸を繰り返していた。

同じく、姫菜の口からも荒い呼吸が漏れている。

そのまま一分、二分と過ぎていく時間。

それを打ち切ったのは、突如店内に響いた、がたりという音だった。

翔太と姫菜は、揃ってびくっと身体を震わせる。

続いて聞こえたのは、恭子の声だ。

「あれ？　どうして店がしまってるのかしら？」

「やばっ!?」

思わず翔太は声に出していた。

思い出したように姫菜が言う。

「そういえば恭子殿は夕方には戻ってくると言っていたな……」

「いや、それを早く言えよ！」

「翔太殿が無理矢理したのだろう。言う暇などどこにもなかったぞ！」

と、こんな風に争っている場合ではない。

翔太たちは慌てて離れて立ち上がり、着衣を整える。

店内に溜まっていた淫臭を誤魔化すために、窓も少し開けることにした。

そこに響いたのは、ガラガラと開くシャッターの音。

翔太はすでにズボンを穿き終えている。

姫菜はまだ着衣を整えている途中だ。

近づいてくる、足音。

「姫菜ちゃん、いる？」

再び、恭子が呼びかける。

さっきよりも声が近い。

恭子が店の中に入ってきたのだ。

「恭子さん、お帰りなさい」

姫菜が着衣を整える時間を稼ぐため、翔太は店の入り口に足を進めて、恭子を出迎えた。

「あれ、翔太くん……？　どうしてここに？」

驚いた顔をした恭子。翔太はすぐに頭を下げて、

「恭子さん、勝手に店を閉めてすみませんでしたっ！」

「すみませんでしたっ!」

　着衣を整え終えた姫菜も、恭子の前に出て頭を下げる。

「ええと……」

　いったいなんだというのだろうと、恭子は戸惑いながらも、店内をぐるりと見回した。

「ええと……」

　倒れている机や割れた食器は、まだ片付けられていない。

「困ったことになってるわね……」

　目を細めながら小さな声で呟いて恭子は翔太と姫菜に問う。

「これはいったいどういうことなのかしら？」

「ええと、ですね……」

　笑みを浮かべる恭子に、翔太は事情を話しはじめた。

　一人で仕事をしている姫菜が気になって店に来てしまったこと。

　店の中で客として様子を見ていると、姫菜がナンパされ、セクハラを受けたこと。

　それを咎めようとして、喧嘩になってしまったこと。

　そして、自分のミスもあり、姫菜の小学生時代の同級生がいて、その正体がバレてしまったことなどだ。

「そういうことだったの……」

　恭子は納得したように言って、ため息をついた。

「正直、これまでにもいろいろあったし、心配はしていたのよね。なにより、二人とも無事でよかったわ」

「いろいろなことって、もしかしてこれまでにもその、正体がばれそうになったり、ナンパや、セクハラをされたりしたことがあったんですか？」

　驚きながら、翔太は問う。

「正体に関してはまだなかったんだけどね。ナンパや、セクハラのようなことは、たまにね……。その時はわたしがうまく止めていたんだけど……」

　申し訳なさそうに恭子が答える。

（これまでにも、姫菜がそんな目にあっていたなんて……）

　怒りのあまり拳がぷるぷると震え出していた。

　それを翔太は止められない。

　そのことに恭子は気付いたのだろう。

　翔太に向けて頭を下げて、謝罪の言葉を口にする。

「翔太くん。それに、姫菜ちゃんもごめんなさい。姫菜ちゃんはかわいいし、和風のメイドさんが珍しいからってお店が繁盛して、わたしも調子に乗っていたわ。今後は姫菜ちゃんを一人には絶対にしないし、そういう衣装もやめましょう」

恭子の提案は、これからもバイトを続けることが前提でのものだ。

だから、翔太は頷くことができなかった。

申し訳ないが、もう翔太の中で答えは出ている。

翔太はそれを口にした。

「すみません、恭子さん。それでも、俺は嫌です。姫菜にもうバイトはさせたくありません。申し訳ないですけど、今日でバイトは終わりにさせてください」

「そう、わかったわ」

恭子は翔太の申し出に対して、異論を挟むことはなかった。

ただ、姫菜の方を見て、問いかけただけだ。

「姫菜ちゃんも、それでいい？」

姫菜は無言のまま頷き、口を開いた。

「翔太殿がそう言うのならば、わらわはそうするまでだ。これ以上、恭子殿に迷惑をかけたり、翔太殿に不快な思いをさせるのはわらわの望むところではないしな」

ぺこりと、恭子に向けてお辞儀をして、姫菜は続ける。

「恭子殿、本当に申し訳ない。今日までバイトをさせてくれて、本当に感謝している。色々迷惑をかけてすまなかった」

「頭を上げて、姫菜ちゃん。迷惑だなんてことはないし、わたしだって、姫菜ちゃんに感謝しているんだから」

「……本当か？」

「ええ、もちろん。無理を言って、アルバイトをやらせてしまって本当にごめんなさい。うちでのアルバイトは別として、何か家でもお金になるような仕事があれば、紹介させてもらうわ」

「ええと、そこでなんですけど、恭子さん」

二人の間に翔太は割って入った。

そして、さっきから考えていたことを口にする。

「勝手に姫菜をやめさせたいと言って、こんなことを提案するのもなんですし、代わりになれるとは思わないんですけど、俺がこの店でバイトをするっていうのはダメですか？」

エピローグ　ずっと二人で歩く道のり

「起きろ、起きるのだ！　翔太殿！　朝だぞ！　起きるのだ、翔太殿！」

ゆさゆさと身体を揺すられ、翔太の意識が覚醒する。

同時に感じるのは寒さと、かなりの気だるさだった。

「んん、もう少し寝かせて……」

「ダメだ、起きろ！」

叫び、姫菜が上布団を引き剝がす。

「うう、寒い……何をするんだよ……」

翔太が上布団を取り戻そうと身体を起こすと、窓から差しこむ陽光が目に飛びこんできた。

とても、眩しい。

翔太は陽光を手で遮るようにしながら、姫菜が持っている上布団を摑んだ。

「今日は土曜日だろ。身体がだるいし、もうちょっと寝てもいいじゃないか。なんなら、今からお前と――」

「それはダメだ」

そのままベッドの脇にいる姫菜に抱きつき、ベッドの中に引きずりこもうとした翔太だったが、それどころか、ひらりとかわされてしまった。

それで、翔太は床に落下してしまう。

「……いてて。なんで避けるんだよ……」

「当然だろう」

翔太が見上げると、ぷくりと頰を膨らましながらも、恥ずかしそうに頰を染めている姫菜がいた。

「もしかして翔太殿は、今日からバイトというのを忘れていないか？　それに、だるいのは今日のことを考えずに、はりきりすぎたせいだ。わらわは、ほどほどにしておけと言ったのに……」

「あ……」

その言葉で、翔太は覚醒する。

「そうか、今日からバイトなのか……」

「ようやく目が覚めたようだな」

「ああ」

すると、呆れたように姫菜はため息をついて、言葉を続けた。

翔太は頷く。

「ならばすぐに起きて、出掛ける準備をするのだ。朝食の準備は、もうできているからな」

☆☆☆

先週、店でトラブルを起こした後のこと。

恭子に店を閉めた理由を話し、姫菜の代わりにバイトをさせてくださいと懇願した結果、翔太は月曜日と木曜日、土曜日の丸一日の三日、バイトをすることを許された。

一円でも稼ぎたい翔太としては毎日でもバイトをしたい。よって、そう言ったのだが、恭子がそれを認めることはなかった。

「あなたはまだ高校生の男の子でしょう。生活が大事なのも、姫菜ちゃんを大事にしたいのもわかるけれど、あなたの未来はまだまだ可能性に満ち溢れているわ。それこそ、あの竜宮城を取り戻せるくらいに、ビッグになれる可能性だってあるとわたしには思うの」

翔太から提言を受けた恭子は、窓の外を見つめながらそう答えた。

同じく、翔太も窓の外に視線を向ける。

見えるのは、地平線の向こう側に顔を隠そうとしている夕暮れの太陽をバックにした、竜宮城の一部だ。

「いや、俺にはそんな……」

自分と比べたらあの竜宮城は大きすぎる。

絶対に無理だ。

そう謙遜しようとしたのだが、

「あくまで例えよ」

そう言って、恭子は微笑んだ。

「でも、わたしに比べたら何倍も可能性はあるわ。間違いなく、絶対にね」

「俺が、あの竜宮城を――」

もちろん本当に竜宮城を取り戻せるとは思えない。

それこそ、おとぎ話のような話だろう。

それでも恭子のその言葉は、翔太の胸に深く突き刺さった。

「その可能性を維持するためにも、あなたの今の本分は学業であるべきだわ。アルバイトは、あくまでそのサポートにしておきなさい。高校を卒業したあと、大学に行かずにうちでずっと働いたとしても、たいしたお給料は払えないし、いつまでこの店をやっていられるのかもわからないしね」

そしてぽんと、翔太の背中を叩いて、

「がんばれ、未来ある男の子」

「……わかりました」

そう言われると、頷くしかない。

自分たちのことを思って恭子がアドバイスをしてくれることはとてもありがたかったし、ビッグになれと背中を押された気もしたからだ。

それからの翔太といえば、バイトはもちろん、学校の授業にも、まともに取り組むようになった。

これもすべて姫菜のためだ。

いつまでも、ずっと側で、姫菜の笑顔を見ているために頑張ろう。

そのために努力しようと、思えるようになったからだ。

☆☆☆

トゥルルル、トゥルルル……。

朝食を終えたあとのこと。

翔太が部屋に戻って着替えをしていると、突然スマホが音を立てはじめた。

視線を向けると、姉からの電話であることがわかった。

(いったいなんだってんだよ)

毎回忙しい時に限ってかけてきやがると心の中で愚痴りながらも、着ている最中だった上着に慌てて袖を通して、翔太は電話に出る。

「どうしたんだ、ねーちゃん?」

『いやー、アンタが姫菜ちゃんと喧嘩せずに上手くやってるかと思ってさ。いわゆる定期検査的なやつよ。どうかしら? 新婚っぽい感じでラブラブしてる?』

聞こえてきたのは、相変わらずの陽気な声だ。

 っていうか、ラブラブって……。

「……あのさ、ねーちゃん、悪いけど、俺はこれからバイトなんだ。話が長くなるようなら夜にまたかけ直してくれるか?」

『ああ、そういやアンタ、バイトはじめたのよね。姫菜ちゃんに聞いたわ』

「そうだよ」

と答えて翔太は続けた。

「姫菜のこともあるし、そのことで親父とかお袋に援助を受けたくないしな。二人が帰ってきたら、俺たちは家から出なきゃいけないだろうしさ」

『あらあら、男らしいことを言っちゃって。それって、これからもずっと姫菜ちゃんと一緒にいたいっていうことよね？』

「……悪いかよ」

翔太は唇を尖らせる。

『ううん、全然。ねーちゃんとしては、弟が更生してくれてすごく嬉しいわ。安心した。もう愚弟って言わなくて済むわね。これも姫菜ちゃんのおかげだわ。あんた、本当に姫菜ちゃんのことを大事にしなさいよ！』

「そんなこと、ねーちゃんに言われなくてもわかってるって！」

『ならいいけど。そうしてれば、きっといいことがあるわよ。それじゃ、またね――と、そうだ。いきなりだけど、ねーちゃんの結婚式、ハワイで行うことになったからら』

「は？　ハワイ？」

『そうそう、来年ね。わたし、夢だったのよ、ハワイでの結婚式。それならあの人がそれでいいって。クルーザーを貸し切って、盛大にやってくれるって。あんたと姫菜ちゃんも無料でご招待する予定だから、楽しみにしておいてね。それじゃ！』

ツーッ……ツーッ……。

「ええと……」

最後にとんでもないことを言って、一方的に電話を切りやがった。

（にしても、ハワイって……）

それに、クルーザー貸し切りとも言っていた。

（なんだよ、それ……。意味がわからねえよ……）

今回も聞きそびれてしまったが、いったいどのような相手と結婚したのだろう。

本当にハリウッドのセレブだったりするのだろうか？

（さすがに、それはないよな……）

ははは、と口から渇いた笑いが漏れる。

ないよね？

（にしても、なんか、ねーちゃんにはバレバレだな……）

実際、最初から姫菜のことはバレバレだった。でも、こうして応援してくれる人が側にいるというのは、恭子ともども、心強いというものだ。

それに――。

（男らしくなってきた、か……）

そう言われるのは、嬉しいことではある。

自分に自信を持っていいと言われているようなものだからだ。

（……って、ぼーっとしている場合じゃなかった）

着替えは終わった。

スマホをポケットに入れて、翔太は部屋を出る。

向かう先は玄関だ。

すると、リビングで皿を洗っていた姫菜があとを追ってくる。

「わらわも一緒に出るぞ」

「え、なんで？」

突然の提案に、翔太は目を丸くする。

「今日は商店街に買い物に行く予定があるからな。どうせならば、御主人殿の初出社を、店の側まで見守ろうというわけだ」

そう答えて、翔太の隣で姫菜は靴を履きはじめた。

一緒に出る気マンマンだ。

「わかったよ、それなら一緒に行くか。その代わり、店まではやめてくれよ。恭子さんに笑われちまう」

☆☆☆

二人で歩く、商店街への道。

外はずいぶんと寒くなってきていた。

それでもこうして二人で歩いていると、手を繋いでなくとも暖かい気がする。

「もうこの辺でいいだろ」

たどり着いた商店街。

遠くとはいえ、すでに『森瀬珈琲店』がかすかに見えている。

「翔太殿がそう言うのならば、そうしておこうか。だが、本当に大丈夫か?」

「子供じゃないんだから、大丈夫だって」

「ならばよし、だ」

姫菜はにこりと笑う。

なんだかメイドというよりお母さんのようだ。

「それじゃ、行ってくる」

「ちょっと待て。その前に……」

そう言って姫菜は翔太の顔に自らの顔を寄せ、

ちゅっ、と頬にキスをした。

「な、なにするんだよっ、お前っ……ひ、人前だぞっ！」

慌てて飛び上がるように、翔太は姫菜から距離を取る。

当然、顔は真っ赤に染まっていた。

「大丈夫だ。周囲に人はあまりいないだろう。それに、誰にも見られていない隙を狙って、キスをしたからな」

「それはそうかもしれないけどさ……」

周囲を見ると、まだ休日のお昼前なだけに、人はあまりいなかった。

でも、見られていないとは限らない。

「帰ってきたら、続きをしよう。だから、精いっぱい頑張ってくるのだぞ」

「わ、わかったよ」

続きということは、そういうことだろう。

翔太は笑って、姫菜に背中を向けた。

そして手を上げ、アルバイト先である『森瀬珈琲店』に向かって歩き出す。

「楽しみにしとけ、腰が動かなくなるまで、してやるからさ」

「うむ♡」

頷いて、姫菜は翔太の背中に声を掛けた。

「いってらっしゃいだぞ、翔太殿！」

「おう」

翔太は手を上げてそれに答える。

遠くに見える竜宮城。

もちろん手を伸ばしても届きそうにない。

でも——。

(あれが、俺の将来の目標ってことで)

まずは地道に一歩、一歩。

「さて、今日一日、しっかりバイトを頑張るとしますか！」

これからも、ずっと。

大好きな人と、幸せな日々を過ごすために。

そして、二人の未来のために——。


〈了〉

美少女文庫
FRANCE SHOIN

彼女《かのじょ》は姫《ひ》メイド！ 竜宮城姫菜《りゅうぐうじょうひめな》と暮《く》らそう

著者／箕崎　准（みさき・じゅん）
挿絵／庄名泉石（しょうな・みついし）
発行所／株式会社フランス書院
〒102-0072　東京都千代田区飯田橋 3- 3 -1
電話（営業）03-5226-5744
（編集）03-5226-5741
URL http://www.bishojobunko.jp

印刷／誠宏印刷
製本／宮田製本

ISBN978-4-8296-6286-1 C0193

美少女文庫
FRANCE SHOIN

◆◇◆ 好評発売中！◆◇◆

美少女文庫
FRANCE SHOIN

◆◇◆ 好評発売中！ ◆◇◆